Le 18

DU MÊME AUTEUR

Les Baltringues,
Le Dilettante, 2002 ;
« Folio », 2004.

Ludovic Roubaudi

Le 18

le dilettante
9-11, rue du Champ-de-l'Alouette
Paris 13e

ISBN 2-84263-092-0

À Christine
et Martial T. W.

1

C'est Malavoie qui le premier a pensé à prendre le périphérique à contresens. Et même si c'était une bonne idée, la seule qui nous permettait de ne pas être en retard, je dois dire qu'on a tous eu un petit pincement au cœur quand il a descendu la rampe d'accès à hauteur de la porte de Châtillon à fond les manettes.

Comme il l'avait prédit, le périph intérieur était absolument désert et nous avons pu arriver sur l'accident sans problème. Au loin, derrière la carcasse du semi-remorque renversé en travers de la chaussée, on apercevait le gyrophare bleu du premier secours de Port-Royal bloqué dans l'embouteillage causé par l'accident.

– C'est qui le meilleur des conducteurs de la brigade !? C'est moi ! Malavoie ! *The great* Malavoie ! Prenez-en de la graine, les enfants, vous êtes avec une légende… Ah de Dieu qu'est-ce que je m'aime…

– La ferme, Malavoie…

– Oh, chef, reconnaissez que, sur ce coup, je suis le plus fort ! ?

– Tu n'as fait que ton travail, Malavoie… Ton travail !

– Vous avez raison, chef… je n'ai fait que mon travail. Mais de Dieu qu'est-ce que je le fais bien !

Malavoie, c'est un conducteur. Un première classe… un grade honorifique. Il est tout petit et fin de constitution, un visage en angle avec une moustache tirant sur le blond, une voix nasale et aigre, haut perchée dans les aigus, et un ego surdimensionné… Et il n'est pas le seul… parce que c'est une race à part le conducteur… avec des canons bien définis. Déjà ils sont tous première pompe… Physiquement petits et fins, quasiment tous à moustache… et fiers d'eux-mêmes jusqu'à l'outrance. À les entendre il y a les conducteurs, qui vivent dans les hauteurs, dans le merveilleux, et puis il y a les autres… nous… qui croupissons dans la vase de l'anonymat.

Ils ont leur local à eux, au fond de la cour à côté de l'entrée des fournisseurs, celle qui donne sur la rue Marie-Pape-Carpentier… avec les pneus de rechange, les pièces, l'huile… un capharnaüm terrible.

En intervention ils ne quittent jamais leur engin. Ils en sont responsables devant l'adjudant-chef... et ils les traitent comme s'ils leur appartenaient en propre. Des engins de quinze, vingt ans d'âge. Des prouesses quotidiennes pour qu'ils ne se barrent pas en charpie au premier virage un peu sec.

Il y a un concours entre eux au sujet du deux tons (la sirène) :

– On n'est pas des flics, nous. On est des pompiers... et on n'est pas là pour faire chier la bite des civils. Alors le deux tons c'est juste en cas de nécessité... quand on ne peut pas faire autrement.

Le Graal c'est d'arriver sur intervention en ne l'ayant jamais utilisé.

De nuit c'est possible d'approcher la perfection... mais de jour dans notre quartier (Saint-Germain-des-Prés) faut pas rêver. Il y a trop de voitures, trop de vitrines, trop de magasins, trop de tentations au regard, les gens ne font pas attention à ce qui roule devant ou derrière eux. Alors forcément on fait pin-pon par-ci pin-pon par-là. Mais avec parcimonie.

Malavoie c'est la quintessence des conducteurs, le nec plus ultra. De tous c'est celui qui a la plus grande gueule... c'est pour dire. Il a tout fait, tout vu... rien ne l'atteint. Depuis longtemps dans la caserne on se creuse la tête pour savoir comment le surprendre. Comment lui clouer le bec… C'est pas qu'on ne l'aime pas. Mais c'est juste que ça nous ferait plaisir de le fourrer une bonne fois.

L'accident, on n'aurait jamais dû y aller. Ce n'était pas du tout notre secteur. Mais le PS et le fourgon de Montrouge étaient sur un feu, et Port-Royal était empêtré dans l'embouteillage sur le périph parce qu'il y était entré par la porte d'Orléans… C'était en désespoir de cause que le PC de groupement nous avait appelés.

Ce sont les trois vaches qui déambulaient sur le périph en caguant à tout va qu'on a vues en premier… elles marchaient nerveusement, à petits pas stressés, langue pendante, et leurs gros yeux d'habitude si doux qui roulaient déchaînés dans leurs orbites. Si nerveuses qu'elles nous firent presque peur. Cinquante mètres plus loin, en travers de la chaussée, le semi renversé coupait totalement la circulation… de la remorque on voyait dégouliner du sang et de la bouse mêlés… combien de vaches encore dedans les unes sur les autres à s'étouffer de leur propre poids.

– De premier secours Vieux-Colombier à PC troisième groupement Champerret, arrivons sur les lieux. Terminé.

Une flaque d'essence qui s'étale sur l'asphalte mouillé macule le bitume de vagues d'arc-en-ciel… du sang aussi en rigoles légères qui glissent de dessous le camion… comme des veines suicidées qui se répandent sur le sol. Et puis derrière, dans l'air sec et noir de la circulation stoppée par l'accident, la sarabande des klaxons, la noria des vociférations. Les poings tendus, l'écume aux lèvres, les automobilistes qui hurlent, râlent et nous insultent que le temps les presse et qu'il nous faut débloquer la circulation au plus vite… de l'autre côté, sur l'extérieur, un bouchon qui grandit à son tour parce que personne ne veut rien rater du beau carton. Le ronronnement des moteurs, la pétarade des échappements… le souffle rauque de la ville.

– Tassin, tu me récupères les vaches. Grand et Saramandis avec moi.

Alex Saramandis, c'est mon copain… il est cuistot à la caserne.

On s'est approchés et on a découvert, broyée dans la mâchoire d'acier de l'articulation du tracteur et de la remorque, une DS… Ce qui en restait du moins. L'avant disparaissait totalement dans la gueule du monstre. Au volant il y avait un jeune mec avec d'énormes rouflaquettes rousses frisées sur les joues. Il avait les yeux ouverts mais respirait avec une telle frénésie que je me doutais qu'il avait dû manger un sérieux coup dans la cage thoracique. Il avait le volant plaqué sur le visage et la colonne de direction qui lui remontait sous la gorge. À sa droite, la place du mort, une jeune fille aux cheveux longs… le visage effondré sur la poitrine… tout son corps tremblait comme un prunier que l'on récolte. Le troisième passager, celui de la place arrière, avait été projeté entre les deux sièges avant. Sous la violence du choc, sa tête s'était enfoncée dans le bloc moteur. On ne la voyait plus… rien que son dos et ses jambes plantées comme une manivelle dans une vieille bagnole.

Le chauffeur du camion, lui, se trouvait sur la bande d'arrêt d'urgence… debout. Gros, avec un marcel taché sur le bide. Il gesticulait, titubait, parlait très fort.

– Je ne suis pas responsable, bon sang ! Pas responsable ! Je suis assuré que je vous dis, alors je ne suis pas responsable.

– Grand, tu me demandes le médecin en urgence et la désincarcération. Demande aussi du renfort… on ne s'en sortira pas tout seuls. Préviens-les de passer par Châtillon à contresens… Et puis demande à Malavoie de venir nous aider.

J'étais le radio ce jour-là sur le PS. Le PS c'est le premier secours. L'engin qui décale à chaque alerte… pour des feux parfois mais le plus souvent pour des accidents, des suicides, des morts, des bagarres entre alcooliques.

Cinq hommes d'équipage. À l'avant le conducteur et le chef d'agrès (un sous-officier). Derrière, le radio et deux hommes de rang. Quand on est de PS on reste sous tension pendant vingt-quatre heures. On dort dans le poste de garde, une pièce attenante aux garages, et dans l'engin on laisse son casque et sa veste de cuir avec dans la poche le col roulé obligatoire. À la moindre sonnerie on abandonne ce que l'on est en train de faire pour se précipiter vers le garage. La sonnerie du PS c'est trois longs coups après le trille vibrant qui annonce une intervention. À chaque trille on voit dans la cour filer ventre à terre l'équipage du PS… et si une quatrième, cinquième ou sixième sonnerie se fait entendre, on les voit revenir en marchant avec une mine un peu dépitée.

C'est le plus marrant des postes le PS parce qu'on est sûrs de décaler… mais il y a quand même un inconvénient de taille. Je m'explique : un particulier qui nous appelle peut porter plainte contre la brigade si on n'arrive pas dans les cinq minutes… ça peut paraître excessif, mais c'est normal après tout. En cas de feu, la rapidité de notre intervention conditionne l'étendue des dégâts. À titre d'exemple, on a l'habitude de dire que pour éteindre un feu après une minute il suffit d'un seau d'eau, qu'à la deuxième minute une piscine n'y suffira pas et qu'à la troisième il faut prier que les immeubles autour ne s'embrasent pas à leur tour.

Enfin toujours est-il que lorsque le PS décale il n'attend personne. Dès que le chef d'agrès est dedans il part… et si vous n'y êtes pas pour une raison ou une autre, c'est tant pis pour vous ! Vos permissions du mois vous passeront sous le nez et vous vous ferez engueuler à mort par l'adjudant-chef Blain…

Une fois, je me souviens, on a mis une dizaine de minutes pour arriver sur l'intervention. Un embouteillage. Eh bien le sergent a dû s'expliquer avec l'adjudant-chef. Dire pourquoi il avait choisi ce chemin plutôt qu'un autre, pourquoi il n'avait pas prévu… enfin des misères pour quelques minutes de retard.

Donc, quand on est de PS, il faut oublier pendant toute la durée de la garde jusqu'à l'idée d'aller aux toilettes… je ne parle pas de pisser… mais… enfin vous voyez. Parce que si ça sonne pendant que vous êtes en train de poser culotte eh bien vous vous retrouvez dans la merde. Et ce n'est pas qu'une façon de parler.

Avec notre matériel on a commencé à s'occuper des passagers de la DS. De la fille pour ce qui me concernait... je lui ai pris la main et j'ai commencé à lui parler. Ses cheveux longs tombaient raides et secs de part et d'autre de son visage et m'empêchaient de voir sa figure et son teint.

– On va s'occuper de vous, on va vous soigner, ça va aller, vous allez voir... on est là maintenant, vous n'avez plus rien à craindre, madame... Oh hé, madame... Parlez-moi, madame, parlez-moi. Comment vous appelez-vous ? Quel est votre prénom ?

De l'autre côté le sergent parlait au conducteur... il lui disait des mots calmes, lui caressait la main... On se démenait tous les deux pour trouver des mots chaleureux, des mots d'encouragement, des assauts de douceurs... mais déjà je n'y croyais plus... je pense que le sergent non plus... on faisait ça par habitude. Il faut toujours parler aux victimes inconscientes... il faut les rassurer, les empêcher de se laisser aller... surtout les rassurer sur leur état, les convaincre qu'elles vont s'en sortir.

On ne pouvait rien faire d'autre pour l'instant. Vu l'état de la DS on ne pouvait pas les en extraire et nous n'étions pas capables de diagnostiquer précisément leur état. Tout ce que l'on savait, c'était qu'ils étaient très proches de claquer… que celui du milieu, celui dont la tête s'était enfoncée dans le moteur, devait l'être depuis quelque temps déjà.

Saramandis qui était allé voir du côté de la remorque revint au rapport.

– La porte arrière est faussée… faut la faire sauter pour l'ouvrir. D'après le routier il y a une vingtaine de vaches là-dedans… et si on ne fait pas quelque chose très vite elles vont toutes crever.

– Commence par faire sauter la porte… Quand les renforts seront là on fera sortir les vaches.

Justement la camionnette du médecin est arrivée à ce moment là avec le PS de Malar et la désincarcération. On les a laissés avec les passagers de la DS.

Nous on a rejoint la remorque. À la pince on a fait sauter le cadenas qui fermait la porte arrière. Mais, comme nous a dit Alex, les charnières ont joué sous la violence de l'impact et tout est bloqué. C'est à la masse qu'il faut les attaquer pour l'ouvrir. Pendant ce temps avec le sergent on regarde par les fentes. C'est une horreur là-dedans, un spectacle laid et sordide. Les vaches au ras du sol sont déjà mortes, asphyxiées par le poids des autres... leurs longues langues grises toutes sorties de leurs gueules humides. Les autres par-dessus gigotent et meuglent. L'une d'entre elles a ses cornes profondément enfoncées dans le ventre d'une seconde... du sang qui coule.

Ça me fait de la peine de voir ça... plus que pour les humains curieusement. Sans doute parce que j'aime beaucoup le regard des vaches. Il est si doux... et puis elles n'y sont pour rien, elles... si tant est que quelqu'un y soit pour quelque chose.

Alex travaille les gonds avec vigueur. Bang ! Bang ! Bang ! La porte qui s'ouvre avec fracas, comme propulsée par un souffle d'espoir. De la bouse qui nous gicle au nez en même temps qu'une vache tombe au sol et se casse une patte. Les meuglements qui jaillissent de plus belle. Le chauffeur qui braille et gémit sur les dégâts que nous causons à son camion, que c'est folie d'ouvrir la remorque sans l'autorisation des services sanitaires, que son chargement est foutu... Le ronronnement des moteurs... Les klaxons et les injures...

– Il faut les tirer une à une vers nous. Elles ne peuvent pas se lever toutes seules.

– Je vais monter dedans et vous me ferez passer les sangles et les cordes.

Alex se faufile au milieu des corps, des pattes et des cornes... il combat contre les gesticulations des bêtes qui s'affolent de plus en plus.

Enfin il approche de la tête de celle qui est la plus proche de la sortie... la plus haute aussi. Il lui accroche les pattes arrière et lui passe une sangle autour des cornes. À la sangle il arrime une autre corde qu'il fait passer dans une des fentes de la carlingue.

– Commencez à la tirer. Quand elle aura passé le point d'équilibre, il faudra la retenir par la tête pour qu'elle ne s'écrase pas au sol.

Le sergent opine et appelle deux sapeurs en renfort.

On commence à haler la vache vers nous... on souffle fort, on se cramponne. Je glisse une fois dans la bouse et m'étale au sol. Je me relève et tire à nouveau. La vache bouge doucement, elle glisse vers nous. De l'autre côté les deux sapeurs de Malar commencent à la retenir avec la corde accrochée à ses cornes. Ils s'arc-boutent, prennent appui des pieds contre le camion, soufflent et forcent... toute leur énergie pour que la bête glisse au sol en douceur. La première vache est sortie.

Quinze fois on recommence... on les sort toutes... les unes après les autres... même les mortes. On change de place trois fois avec les sapeurs de Malar tellement les vaches pèsent lourd dans les bras. Tassin parque les vivantes sans problème. Elles sont trop sonnées pour bouger.

Au sol je remarque des yeux… de gros yeux de vaches. La violence de l'accident en a énucléé plusieurs… c'est rond comme des calots avec le nerf en tentacules de méduse. Ça me regarde mais ça ne voit plus rien…

L'engin de désincarcération s'est mis au boulot. On entend les hurlements de la tôle et ses craquements sous l'effort des pinces et des vérins qui déchirent la voiture pour extraire les passagers. C'est un bruit terrible la tôle que l'on découpe… comme le hurlement d'une créature malfaisante que l'exorciste extirpe d'une âme damnée… Et puis toujours les klaxons des embouteillés, les hurlements, les insultes, la rage terrible d'être bloqué par cet accident, la haine qui monte dans les regards… étrange requiem.

Et dans ce capharnaüm voilà les sirènes des flics qui arrivent… comme la cavalerie. Eux ils aiment ça faire du bruit. Tellement qu'ils n'éteignent pas tout de suite leur sirène lorsqu'ils arrivent sur l'intervention.

Le sergent le leur fait remarquer.

– Vous pourriez peut-être éteindre votre tintouin… vous ne croyez pas ? Si encore vous étiez là à l'heure ça pourrait passer... mais là franchement ça fait un peu la brigade des clowns.

Ils n'aiment pas ça les poulets qu'on les chambre. Mais ils ne peuvent rien nous dire... nous aussi on a un uniforme et en plus on est militaires. Alors on les emmerde dans les grandes largeurs. De toute façon on n'aime pas trop les avoir dans les pattes. Ils ne font rien qu'à nous gêner. La seule chose qui les intéresse ce sont les identités des victimes.

Comme je suis radio c'est à moi de prendre les noms et prénoms des victimes pour le rapport... mais je ne me précipite pas là-dessus tout de suite. Je sais qu'elles ne se feront pas la malle sans notre aide les victimes. On les soigne avant de prendre leurs papiers.

Mais le flic il les veut absolument ces identités, alors le voilà parti vers la DS. Il s'approche du médecin qui travaille toujours sur la femme de la place du mort.

– Vous avez son identité ?

– Non... restez avec nous, madame, restez avec nous.

– Vous pouvez lui prendre ses papiers.

– Merde. Foutez-moi la paix, bon Dieu.

Le flic se redresse piteux et s'éloigne. Je le vois qui regarde dans notre direction avec tristesse. Le sergent lui fait signe d'approcher.

– Faudrait que vous vous occupiez des vaches.

– Comment ça s'occuper ! ?

– On ne va pas rester là cent sept ans nous autres. Et on ne va pas non plus embarquer le troupeau à la caserne…

– Pourquoi nous ! ?

– Parce que vous êtes flics et nous pompiers. Voilà pourquoi ! Et puis cessez d'ergoter. Tassin, explique à monsieur comment on garde les vaches et rejoins-nous, on rentre à la caserne.

La grue du service voirie arrive et nous nous commençons à ranger notre matériel.

Le Samu va venir pour évacuer les blessés…

Le passager arrière de la DS est mort… la passagère mourra à son arrivée à l'hôpital sans jamais s'être arrêtée de trembler. Le chauffeur du camion a deux grammes cinq dans le sang mais continue de brailler qu'il est assuré. Sept vaches sont mortes. Le conducteur de la DS s'en sortira peut-être… mais il passera le reste de ses jours en petite voiture.

– De premier secours Vieux-Colombier à PC troisième groupement Champerret. Fin d'intervention, nous rentrons au poste.

Dans l'engin sur le retour Alex me tape sur l'épaule et me glisse à l'oreille :

– Tu vas voir au déjeuner… j'en prépare une bonne à Malavoie.

Je me demande ce qu'il a encore inventé, le père Alex. Ses blagues en règle générale, plus elles sont cons, plus elles l'amusent.

2

De retour d'intervention on s'est rendus dans la salle à manger… c'est un des lieux clefs de la caserne : la salle à manger ! D'abord parce que c'est un endroit réservé aux hommes du rang dans lequel les sous-officiers ne viennent que s'ils y sont invités, ensuite parce qu'on peut y boire un coup et puis surtout parce qu'on y mange. Et chez nous la bouffe c'est du sérieux ! On ne plaisante pas avec ça ! Non, non, non… quand on a un métier physique comme le nôtre, il y a intérêt à ce que l'estomac soit correctement calé.

J'ai lu quelque part qu'il y eut un jour un général romain qui affirmait que la nourriture de la troupe devait être mauvaise pour rendre les hommes agressifs et violents… Nous par bonheur, bien que nous soyons militaires, on ne doit pas être méchants. Au contraire même… Alors la bouffe qu'on nous sert, elle est bonne. Daube, bœuf aux carottes (ça c'est du top parce qu'Alex, c'est lui le cuistot, sait que c'est meilleur réchauffé et qu'il le prépare toujours un jour à l'avance), pot-au-feu, petit salé aux lentilles... Rien que du top je vous dis.

Un des autres avantages de cette salle à manger est que c'est là où l'on peut raconter l'intervention... C'est un rite immuable le récit... Oh bien sûr si une oreille externe traînait par-là, elle trouverait ces histoires pleines de tartarinades... elle sourirait des excès et des exagérations. Mais on ne raconte pas nos interventions pour en faire un rapport, seulement pour chasser de nos mémoires les quelques images noires qui y traînent et nous rendent notre métier moins drôle... on se soulage ainsi... on se nettoie...

Souvent on en profite pour raconter une énième fois une intervention particulière.

Pour que l'histoire soit écoutée elle doit être drôle, ou étonnante... jamais sérieuse en tout cas et surtout ne jamais laisser entendre que l'on en a été affecté... Jamais...

Mais attention, l'histoire doit être vraie. Enjolivée d'accord, troussée à l'avantage du narrateur mais le fond se doit d'être vérifiable et exact.

Je me souviens d'un jour, un dimanche d'été, alors qu'on était dans la salle à manger à banqueter, on a vu arriver l'équipage du PS qui revenait d'un incendie de cage d'escalier. D'habitude un retour de feu c'est toujours la joie pour l'équipage et la jalousie pour les autres… c'est notre rêve à tous le feu, notre suprême désir. La raison d'être de notre présence sous les drapeaux. Et même si un feu de cage d'escalier ce n'est pas glorieux, c'est toujours des flammes, de la fumée et de la chaleur.

Même si c'est du pas grand-chose, il faut se méfier d'un feu comme ça. Généralement ça prend dans le local à poubelles et c'est criminel… plutôt stupide d'ailleurs que réellement dans l'intention de tuer… mais dangereux quand même… Le feu couve, démarre et dévore le petit espace clos. La fumée monte dans la cage d'escalier entraînant dans ses volutes la chaleur des flammes. Blanche, opaque et bouillonnante, elle se concentre au dernier étage. Si on n'intervient pas rapidement il est possible que la chaleur accumulée au dernier étage déclenche un autre foyer d'incendie. Ça s'est vu… comme on a vu des fenêtres qui explosaient sous la chaleur au sixième alors que l'on combattait le feu dans la cave… comme on a vu des oreilles de pompiers qui fondaient dans la fournaise d'un gros sinistre.

On les a vus arriver dans la cour les gars du PS, avec la gueule noire et les rides creusées par cette obscurité de suie, et quand ils ont ouvert la porte de la salle à manger on a compris qu'il ne fallait pas rigoler. Il n'y avait pas de triomphe dans leurs yeux, pas de joie… C'est le conducteur qui a raconté. Une mère célibataire au sixième, paniquée, qui avait tenté de descendre l'escalier avec son gamin de trois ans dans les bras… mais avec la fumée et la chaleur elle n'avait pas une chance sur cent. D'abord on ne voit rien dans la fumée, même pas son poignet quand on avance le bras… et puis surtout on y étouffe. Ça paraît doux et soyeux de la fumée, comme un câlin d'hermine, mais c'est tout le contraire. C'est que de la méchanceté la fumée… ça brûle la gorge, ça déchire les poumons, ça griffe les yeux… c'est un véritable chat en colère… Nous-mêmes qui y sommes habitués n'y pénétrons pas sans un Appareil respiratoire individuel (ARI)… et on y va à deux avec une corde accrochée au point de sortie pour ne pas se perdre dans l'obscurité blanche de cette saloperie.

Mais elle, la femme, qu'en savait-elle ? Rien certainement, puisqu'elle s'y était engouffrée… en moins d'un étage elle était perdue. Ne sachant plus comment faire pour gagner la sortie ou rejoindre son appartement… ne sachant plus où étaient la rampe et la cage d'escalier, où était le mur et où était le vide… paniquée par le grondement si bruyant des flammes qu'elle les croyait proches au point de la happer alors qu'elles ne léchaient que le bas de la porte du local à poubelles cinq étages plus bas... terrorisée à l'idée que son enfant puisse mourir... elle a tourné une fois, deux fois et puis elle a buté sur la rampe, perdu son équilibre et lâché son enfant...

– Elle devait être au cinquième ou quatrième étage... enfin haut quand même. J'ai vu le gamin arriver tête la première. Il s'est écrasé au sol avec un sale bruit mat... On n'a rien pu faire... il est arrivé trop vite... et puis on n'y voyait rien...

Il n'y avait que dans ces cas-là que l'on ne riait pas de nos interventions...

Pour le déjeuner on avait du pot-au-feu. On était tous autour de la table et Malavoie racontait comment grâce à lui le PS avait pu arriver en temps voulu sur l'accident.

– Au tapis Port-Royal! Le nez sur le cul des civils à ne pas avancer... Ah bon Dieu si vous étiez intelligents vous vous rendriez compte à quel point vous avez de la chance de m'avoir parmi vous...

Ceux des autres véhicules s'étaient rapprochés pour ne pas perdre une miette de l'histoire. Quand Malavoie était de cette humeur, pas question de rater le spectacle. Reconnaissons qu'il avait toujours des histoires insensées, le Malavoie.

– Je suis le seul pompier en vie de la brigade à avoir fait des arrêts de rigueur pour un éclat de rire... et ça c'est la vérité vraie. *The truly truth.* C'était il y a huit ou neuf ans, on est appelés pour un accident domestique rue du Bac... pas loin du Bon Marché. C'était un gars dans sa salle de bains qui avait les couilles déchirées et un trou dans l'arrière du crâne. Il y avait du sang partout... ça pissait comme Niagara mais ce n'était pas bien grave. Ni pour la tête ni, heureusement, pour les boules. Mais le gars ne pouvait quand même pas marcher, alors on le couche sur le brancard et on commence à le descendre par l'escalier. Et voilà-t-y pas que ce con se met à raconter son accident. J'étais en train de me laver les dents qu'il nous fait quand j'ai senti que de l'eau gouttait sous le lavabo... à ce propos faudra qu'on me dise un jour pourquoi on dit lavabo dans une salle de bains et évier dans une cuisine ! mais bon, on s'en fout... donc le gars il se dit qu'il doit y avoir une fuite et il se met à quatre pattes sous son lavabo. À ce moment son chat arrive... vous connaissez ces sales bêtes, dès que vous agitez quelque chose sous leurs griffes : pchacck ! ça cherche à le gauler. Et le matou qu'est-ce qu'il voit devant son nez qui s'agite comme les boules de Noël ? Celles de notre client bien sûr ! et ni une ni deux voilà le greffier qui par instinct leur colle un bon coup de griffe. Le gars sous la douleur il se redresse brusquement et ping !!! il se mange le lavabo qui lui ouvre le crâne. Moi de l'imaginer à quatre pattes avec ses machins qui se balançaient sous les yeux du chat, ça m'a foutu un de ces fous rires… mais alors un de ces fous rires !!! Monumental. Je riais tellement que les autres se sont mis à rire aussi, même le client se bidonnait… mais on a tellement ri qu'on a lâché le brancard. Le gars s'est fait un étage d'escalier en roulé-boulé… la jambe gauche cassée. Craack ! On peut dire qu'il avait gagné sa journée. De retour à la caserne on m'a collé quatre jours d'arrêts de rigueur avec comme motif : Rire intempestif en intervention !

C'était toujours comme ça avec Malavoie… des histoires pas possibles.

Donc là il commence à raconter les vaches…

C'est à ce moment qu'on a entendu la voix d'Alex.

– Qui veut du bouillon !

La cuisine où il travaillait se trouvait dans le prolongement de la salle à manger et communiquait avec cette dernière par une trappe ouverte entre les deux pièces. C'est par cette trappe qu'Alex ou ses aides passaient les plats.

– Il est comment ton bouillon, Alex ?

– C'te question, Malavoie. C'est du bon. Je ne l'ai pas encore dégraissé. Pour ça faudra attendre ce soir.

– Non, non, ça me va. J'aime le gras, moi.

– Ça roule… et par ici la bonne sousoupe. Un bon bouillon bien gras avec des yeux dedans comme chez grand-mère.

– Merci, Alex… t'es une mère pour moi.

Malavoie est revenu à table avec son bol fumant dans les mains, il l'a posé sur la table, s'est assis et a attrapé sa cuillère. Il a commencé à manger son bouillon. Il faisait slurp, slurp tout en soufflant sur le liquide bouillant.

Puis à un moment il s'est arrêté. La cuillère en l'air. Il regardait son bol sans bouger.

Alex qu'était sorti de sa cuisine s'est approché de lui.

– Qu'est-ce que t'as, Malavoie ?

– C'est quoi ça ?

– Ben c'est des yeux, mon gars… il y a toujours des yeux dans le bouillon.

À mon tour je me suis penché sur le bol de Malavoie et j'ai vu deux yeux de vaches qui flottaient au milieu du bol. Deux gros yeux avec les nerfs qui flottaient autour… des yeux qu'Alex avait barbotés sur l'intervention sans rien dire à personne.

Alex alors se met à partir d'un éclat de rire terrible. Et nous tous autour de la table on en fait de même. Pour une fois que Malavoie se fait avoir on est trop contents. On se tape sur les cuisses, on le moque du doigt, on le chambre. Ah ça ! des yeux dans le bouillon !

Faut dire aussi que Malavoie il est connu dans toute la brigade pour son musée des horreurs. Dans le local des chauffeurs, dans des bocaux de formol, il conserve des bouts de victimes qu'il a récupérés sur toutes ses interventions. Des doigts, des scalps, des bouts d'intestins… des morceaux en tout genre. Parfois il vient à la cantine avec un bocal qu'il expose sous notre nez. Histoire de nous couper l'appétit.

Mais là pour une fois c'est lui qui est pris au jeu.

On jubile tous. Sûr que l'histoire va faire le tour du groupement… dans le fion qu'il l'a le Malavoie.

Lui nous regarde. Par-dessous ses sourcils blonds. Il nous regarde et je me dis qu'il est en train de se demander comment il va nous le faire payer. Et doucement, très très doucement, il plonge sa cuillère dans le bol. Attrape un œil et le porte à sa bouche. On s'arrête net de rire… on n'ose y croire… il ne va pas oser… mais voilà qu'il ouvre la bouche et qu'il gobe l'œil. Une seconde... deux secondes... il commence à mastiquer.

– Oh, le porc.

– C'est dégueulasse.

Je vois sa pomme d'Adam qui monte et qui descend lorsqu'il déglutit. Il attrape l'autre œil et le porte à sa bouche. L'avale et se lève.

– Pas vu pas pris, Alex... c'est encore moi le plus fort.

Et il sort.

Après le déjeuner, j'étais en cuisine avec Alex. Je faisais la plonge pendant qu'il fumait son clope. On causait de Malavoie... et puis Alex a dit :

– Le plus extraordinaire dans tout ça, tu vois, c'est pas Malavoie.

– Ah.

– Ce sont les trois vaches... celles qui étaient en liberté quand on est arrivés. Je me demande comment elles ont fait pour sortir du semi.

– T'as raison, Alex... comment elles ont fait ?

– Je ne sais pas, mon gars... pas vu pas pris sans doute.

3

Alex habitait un petit deux pièces à la Fourche avec sa grand-mère. Je crois que ses parents avaient tellement travaillé qu'ils n'avaient pas eu le temps de s'occuper de lui, ou qu'ils étaient morts pendant sa prime enfance. Enfin c'est la vieille qui l'avait élevé... Maintenant, comme elle n'avait qu'une misérable retraite, il continuait de vivre avec elle et lui donnait sa paye en intégralité pour qu'elle fasse tourner le quotidien. Une paye de seconde classe pour deux dans Paris, ça ne faisait pas bien lourd... mais la vieille avait le sens de l'économie et ils ne manquaient de rien.

Il m'avait prévenu la première fois qu'on avait été chez lui.

– Bon, tu verras, la déco est un peu *space*... c'est une vieille, tu comprends. Alors faut pas trop y regarder. C'est pas mon genre un intérieur comme ça... tu sais, même si je paye le loyer, c'est quand même chez elle... alors... enfin tu verras.

Et pour voir j'avais vu. C'est vrai que c'était particulier. Le genre napperon sur la télé et scène de basse-cour en crochet orange et bleu accrochée au mur dans un cadre doré rococo. Et puis un peu trop de meubles par rapport à l'espace... des meubles comme des balises pour vous guider à l'aveugle du salon à la cuisine sans risque de tomber... et dans les toilettes le couvercle en peau de mouton synthétique.

Sur le moment je ne l'avais pas chambré là-dessus. Mais après, avec le temps, je ne m'étais pas privé. Il en riait d'ailleurs. Mais pas question de le vanner sur le sujet devant les autres. Il l'aimait trop sa grand-mère pour ça.

Elle s'appelait Thérèse mais tout le monde l'appelait Mina. C'était un tout petit modèle de femme. Sèche de corps mais pas de cœur, avec les cheveux courts teints en blond. Énergique et souriante avec peu de rides sur le visage.

On rigolait bien avec elle parce qu'elle avait des habitudes amusantes. Le vendredi en fin d'après-midi par exemple elle allait guincher du côté de Jules-Joffrin, dans un thé dansant organisé par la mairie du XVIIIe. Elle s'habillait toujours pareil : en robe léopard ! Authentique ! Soixante-cinq balais et nippée rockabilly. Il en était fier, Alex, de cette jeunesse qu'elle avait.

Mais il y avait des choses dans cette jeunesse de sa grand-mère qui le turlupinaient un peu. Il m'avait rapporté que, sous le sceau de la confidence, un jour où elle avait un peu abusé du porto, elle lui avait avoué qu'elle avait encore des désirs. Et que dans ces thés dansants il lui arrivait de trouver certains hommes à son goût.

– Pour toi je suis une vieille, une grand-mère. Mais moi je me sens toujours jeune... et puis ton grand-père est mort depuis longtemps.

De ça il ne savait pas s'il devait en être fier ou pas, Alex.

– Je comprends qu'elle ait envie de s'éclater, Grand. Mais quand même... de toute façon je lui ai dit ! Je ne veux pas en voir un seul à la maison.

– T'es vraiment vieux jeu comme mec, toi !

– Je voudrais t'y voir, toi, si ta grand-mère ramenait des mecs à la maison.

– Écoute, ça lui fait du bien...

– Peut-être. Mais elle fait ça à l'hôtel !

– Mais ses mecs, c'est des quoi... ?

– Des vieux ! Enfin des mecs de son âge... enfin il y a intérêt. Parce que si j'apprenais qu'elle se tapait des jeunes...

– Tu lui dirais quoi ? Hein, gros malin... tu lui dirais quoi ?

– Ma grand-mère n'est pas comme ça, Grand. Tu comprends ! ? C'est pas ce genre-là... bon

Dieu, je ne devrais même pas avoir à te le dire... t'es con, toi, quand tu t'y mets... merde, c'est ma grand-mère quand même. Tu pourrais la respecter... et puis Jules-Joffrin c'est pas les Champs-Élysées ! C'est clair ! ?

Pour bien comprendre sa colère au père Alex, faut que j'explique toute la situation.

Si lui s'était engagé à la brigade, moi je ne faisais que mon service. Douze mois. Ce qui fait qu'on n'avait pas la même paye. Lui il devait tourner dans les sept huit mille balles alors que moi je culminais à cinq cent treize francs. De quoi me payer mes clopes et quelques bières au foyer. Pour le reste il fallait que je me débrouille. Lui, comme il filait tout à Mina, il se retrouvait quasiment logé à la même enseigne question oseille. Ce qui fait que pendant nos permes on tournait un peu en rond. Dans Paris, quand on est raide de blé, à part regarder les vitrines on ne peut pas faire grand-chose.

C'est Malavoie qui nous avait donné le truc, un soir qu'on était dans le local des chauffeurs à boire le coup et qu'on se plaignait d'être raides comme des passe-lacets.

– Vous êtes quand même deux couillons. Moi, avant d'être marié, j'en gagnais des ronds grâce à l'uniforme.

– Ah ouais ! ? Et comment ?

– Vous ne lisez jamais les journaux, je parie ?

– Si : *L'Équipe* et *France Football.*

– Évidemment... moi je vous parle de vrais journaux comme *Le Parisien* ou *France Soir*, pas vos conneries pour amateur de bière.

– Déconne pas avec le foot, Malavoie.

– OK, OK... donc dans les vrais journaux tous les ans ils font un classement sur les fonctionnaires préférés des Français. Eh bien les pompiers arrivent toujours en tête... et de loin. On a la cote... c'est comme ça.

– C'est vrai, ça. La semaine dernière je suis allé à l'infirmerie de la brigade. J'étais en tenue de sortie. Dans le métro voilà que je me fais insulter par des jeunes... du quai d'en face ils me traitaient de vérole, de sale flic pourri, de cogne atroce... enfin vous voyez le genre. Moi je leur réponds que je ne suis pas flic mais pompier. Eh bien ils m'ont fait des excuses.

(Je précise pour ceux qui n'auraient pas connu l'ancien uniforme des flics, mais fut un temps où on avait le même, eux et nous. La seule différence c'était que le liseré de notre képi était rouge au lieu d'être argenté. Un détail pas forcément visible au premier coup d'œil.)

– Ah tu vois... même les gamins nous aiment bien. C'est pour dire comme on est bien vus.

– Peut-être mais je ne vois toujours pas comment on peut gagner des ronds avec ça.

– J'y viens. Dans tout ce monde qui nous aime il y a une catégorie qui nous préfère encore plus : les femmes. C'est historique comme donnée ! On est les *number one* dans le cœur des dames. Déjà qu'elles ont le rapport facile avec l'uniforme, alors quand il s'agit de celui d'un pompier elles ne se retiennent plus.

– Tu crois ?

– Tout le monde sait ça. Le mec de la brigade qui n'a jamais tiré quand il était de sortie c'est rien qu'un naze.

Alex et moi on s'est regardés pour voir la tête que ça avait un naze.

– C'est des conneries tout ça. T'en connais, toi, des gars qu'ont tiré grâce à l'uniforme ?

– Moi !

– Tu déconnes.

– Parole, mon gars... et pas qu'une fois.

D'un autre que lui on n'y aurait pas cru. Les histoires de baise facile c'est presque toujours des plans galères. Mais là les faits plaidaient pour lui. Dans notre caserne en effet, il y avait de temps en temps des femmes qui venaient se faire tringler. Il y en avait une notamment, une jolie blonde qui venait régulièrement se faire reluire. Son truc à elle c'était les chauffeurs... exclusivement. Elle venait, rentrait dans le local des chauffeurs et repartait une à deux heures après. Nous bien sûr on n'y avait jamais été. Mais tous les chauffeurs en parlaient.

– Bon d'accord, je veux bien… t'as tiré grâce à l'uniforme. Mais ça ne résout pas le problème du pognon. Parce que nous c'est pas de bonne femme qu'on manque mais de thune.

Là je trouvais qu'il charriait, Alex, parce que question nanas on était aussi dans la mouise que pour le blé.

– J'y viens. Vous n'êtes pas sans savoir que le nombre de femmes frustrées est quasiment équivalent au nombre de femmes mariées. Ça aussi c'est une donnée scientifique. Le mariage, hein !? on sait bien ce que c'est : deux ans de braises, trente ans de cendres ! Donc des femmes en mal de fesses ça court les rues. D'ailleurs suffit de voir comment elles s'habillent pour s'en rendre compte. Parce que, honnêtement, si elles ne voulaient pas nous plaire et nous attirer dans leur lit est-ce qu'elles nous montreraient tout ça !? Hein !? Certainement pas. Mais ça, draguer dans la rue ou à la terrasse des bistrots ce n'est pas pour vous. Ce n'est pas rentable. Non. Ce qu'il vous faut à vous c'est de la bourgeoise. La bourgeoise c'est la plus frustrée de toutes les femmes mariées.

– Ah oui ? Et pourquoi ?

– À cause du pognon bien sûr. Question fesses, ça fait bien longtemps que leurs bonshommes les ont délaissées au profit de leur travail et de leur secrétaire. Et si ça ne tenait qu'à ça, elles divorceraient recta les bourgeoises. Mais elles se retiennent à cause du pognon que leur mari rapporte. Résultat soit elles s'achètent des chiens, soit elles se mettent à picoler, soit elles deviennent grenouilles de bénitier. C'est le triptyque historique de la bourgeoise. Heureusement pour vous, dans le tas, il y en a qui ne veulent pas tirer un trait définitif sur leurs envies. Mais comme elles ne veulent pas risquer leurs rentes dans une aventure sentimentale, elles se tournent vers des mecs comme vous prêts à les sauter pour du pognon.

– Des putes ! Tu veux qu'on fasse la pute ! ?

– Oh là là, tout de suite les grands mots. Pute, pute… chez les mecs c'est pas pareil.

– T'as raison, Malavoie… Continue.

– Donc moi… mais avant d'être marié, hein ! j'allais au thé dansant sous le théâtre des Champs-Élysées. Tous les après-midi jusqu'à dix-neuf heures, il y a des femmes qui y viennent rien que pour ça. Alors si vous y alliez, en uniforme, je suis sûr que ça marcherait pour vous. Vous êtes jeunes et puis pompiers.

– Tu crois vraiment ?

– Pour sûr. Déjà t'as l'uniforme ! en plus celui des pompiers et pour couronner le tout t'es pas trop moche. C'est du tout cuit.

– Mais qu'est-ce qu'on doit faire ?

– Ben t'y vas, tu danses et quand elles te causent tu leur réponds.

– Mais pour… enfin pour la chose. Comment qu'on fait… pour le prix, tout ça.

– T'en fais pas. Elles savent ce que ça coûte.

Voilà comment on s'était retrouvés Alex et moi en uniforme devant le théâtre des Champs-Élysées un vendredi après-midi. L'entrée du thé dansant se trouvait dans une petite rue sur la droite du théâtre. Un escalier qui descendait sur une dizaine de marches avant d'arriver à une porte en bois avec un fenestron protégé d'un grillage à hauteur d'homme. En dessous une plaque de cuivre sur laquelle il y avait marqué « Club Privé ».

Avant de se retrouver devant la porte on était pleins d'entrain. Sûrs de nous et confiants. On roulait des mécaniques en se regardant du coin de l'œil comme deux mecs vachement dessalés… mais là, devant la porte, on était d'un coup nettement moins fiérots. C'est pas qu'on mouillait mais quand même. Entre dire qu'on va aller faire le gigolpince pour gagner de quoi sortir le soir et le faire, il y a une différence de taille.

– Bon, tu frappes ?

– Ben...

– On va pas se dégonfler maintenant, bon sang. On passerait pour quoi devant les copains ?

– Pour des nazes.

Alors j'ai frappé à la porte. Quelques secondes après le fenestron s'est ouvert et un regard féminin nous a dévisagés de derrière le grillage.

– On vient pour danser.

– On est des pompiers.

Le regard s'est appesanti sur nos uniformes, comme s'il doutait de la véracité de ce qu'il voyait.

– On est de la caserne du Vieux-Colombier. Troisième groupement.

Le fenestron s'est refermé et la porte s'est ouverte.

On est entrés. Il n'y avait qu'une seule grande pièce sur deux niveaux. Les murs étaient tapissés d'un tissu rouge sanguine tandis qu'au sol l'épaisse moquette tirait vers un rouge sang plus sombre. Un grand lustre de cristal pendait au plafond au centre de la pièce, à la verticale de la piste de danse.

En entrant à gauche le vestiaire où on a laissé nos képis. Sur la droite un bar en bois qui partait en courbe vers le mur. De hauts tabourets dorés à coussins rouges comme la moquette. En avançant dans la pièce on découvrait des tables et des chaises, toutes dorées et rouges à part les nappes blanches.

Une balustrade dorée marquait la séparation entre l'espace bar et la piste de danse en contrebas de deux petites marches.

Il y avait des serveurs en vestes blanches qui passaient de table en table un plateau à la main, d'autres en vestes noires qui les surveillaient avec un air sévère, des femmes en robes du soir et des mecs en costumes sombres. Avec nos uniformes on faisait un peu tache... mais au moins les rombières nous avaient remarqués.

– On fait quoi ?

– On se met au bar pour observer.

On a commandé chacun une bière qu'on nous a servie rapidement. Dans un petit sous-verre en métal argenté, on nous a glissé la note. Quand j'ai vu le prix pour les deux mousses j'ai failli m'étrangler.

– Y a intérêt à ce qu'on trouve des bonnes femmes généreuses, Alex. Sans ça on va y laisser notre culotte.

– On est là pour ça, non ?

– Regarde l'addition, gros malin, et tu verras que ton humour est déplacé.

– Nom de Dieu…

On avait rarement bu aussi lentement Alex et moi. Mais là il en allait de notre santé financière.

On est restés comme ça un petit moment à regarder les danseurs sur la piste. Jamais de toute notre vie on avait vu des danses comme ça. Plus tard, les fois suivantes, on a appris leur nom : tango, valse, madison, cha-cha-cha, salsa, quadrille, jerk… rien que des trucs qu'on ne savait pas danser. Alex il connaissait le rock et moi le pogo… si le rock pouvait à la limite passer, je voyais mal les vieilles se lancer dans un bon vieux pogo des familles.

Au bout de vingt minutes on était toujours à notre bar et il ne s'était rien passé. Aucune des vieilles ne s'était approchée de nous. Je commençais à me dire qu'avec ses discours à la noix et son air sûr de lui, le père Malavoie ne comprenait rien de plus que nous à la gent féminine.

Et puis la lumière a baissé et a commencé la série des slows.

– Eh bien moi je refuse d'être un naze plus longtemps.

J'ai vu alors Alex se lever et se diriger vers une blonde pas mal qui avait de grosses boucles d'oreilles vertes qui lui pendaient en grelots dans le cou. Il s'est planté au garde-à-vous devant elle et lui a dit quelque chose en lui tendant la main.

La femme lui a souri et elle a pris sa main. Ils ont rejoint la piste de danse et il a commencé à la faire tourner doucement.

Je n'en revenais pas de son culot. Je voyais qu'il lui parlait et qu'elle lui roucoulait des réponses. Il l'a chaloupée comme ça pendant deux slows puis il l'a raccompagnée à sa table où elle a ramassé son sac à main avant de le suivre vers le vestiaire. On lui a donné son képi et ils sont partis.

Sur le cul ! Voilà ce que j'étais ! Tellement sur le cul que je n'ai même pas pensé à râler qu'il soit parti en me laissant la petite note du bar. Maintenant je ne pouvais plus attendre… il en allait de ma réputation.

J'ai avisé une brune aux cheveux courts qui me regardait et je me suis levé pour aller l'inviter à danser. Mais au moment où je me suis pointé devant elle la lumière est revenue et le DJ à balancé un madison. Ça ne m'arrangeait pas.

La femme m'a regardé avec gentillesse.

– Oui, jeune homme ?

– Heu… je voulais vous inviter à danser… mais là… c'est-à-dire…

– Vous ne pratiquez pas ces danses-là ! ?

– Exactement… alors…

– Alors vous allez me laisser ! ?

– C'est ça…

– Et si je vous invitais à boire un verre ?

– Ah ben…

– Chez moi ! ?

– D'accord.

Elle s'est levée et je suis allé récupérer mon képi. J'étais à la fois soulagé et en même temps très gêné. Je ne savais pas comment me comporter. Devais-je lui parler ou alors déjà l'embrasser… la tenir par l'épaule ? Par la main ?

Je n'étais jamais monté avec une prostituée, moi. Ces choses-là je ne les connaissais que par les histoires des copains et les films à la télé… Mais dans la vraie vie, qu'est-ce que je devais faire ? C'était quoi les us et coutumes du gigolo ?

On s'est retrouvés tous les deux dehors, en haut des marches. Il faisait encore jour même si le soleil commençait à se fatiguer. Les façades des immeubles avaient cette couleur dorée des après-midi du début de printemps… c'est l'annonce des beaux jours sans que la chaleur ne soit encore là. Le givre des murs résiste au soleil et quitte la pierre par petites bulles invisibles qui font pétiller l'air d'un sentiment de vacances. C'est comme un temps à la frange du travail et de la sieste… On était là tous les deux dans le soleil. Avec la ruelle vide qui descendait doucement vers l'avenue Montaigne et ses embouteillages. Je ne savais pas quoi faire de mes mains.

– J'ai une voiture.

Je l'ai suivie jusqu'à une Fiat Abarth grise. Une petite bagnole de femme avec un bruit d'échappement de voiture de sport. On est montés dedans sans un mot et on est partis vers l'avenue George-V. On est entrés dans le parking d'un immeuble et on s'est arrêtés au deuxième sous-sol. Nous ne nous étions toujours pas dit un mot.

Elle a coupé le moteur de sa voiture et un lourd silence s'est alors posé sur nos épaules. Je regardais devant moi, avec mon képi sur les genoux. Je me sentais vraiment con.

Elle s'est retournée vers moi.

– Vous êtes sûr de…

Elle a baissé les yeux. Je l'ai regardée alors. Pour la première fois. Elle devait avoir entre quarante et cinquante ans mais avec déjà pas mal de petites rides autour des yeux et des lèvres. Jolie mais avec des dents trop bien plantées pour être tout à fait honnêtes. Des cheveux auburn courts sur un visage en triangle. Un nez droit et une grande bouche. Des yeux bruns. Au cou un collier d'or et des bagues fines et élégantes sur les mains. Elle avait un je-ne-sais-quoi dans sa manière d'être qui laissait penser qu'elle arrivait de province.

– C'est pour faire comme votre ami ?

– Pardon ?

– Pourquoi faites-vous ça ?

J'allais lui répondre... mais elle ne m'a pas laissé le temps.

– Oubliez ma question. Elle est idiote... c'est à moi que je devrais la poser. Pourquoi je fais ça ?

– Parce que je suis pompier.

Elle m'a regardé avec de grands yeux étonnés. Moi même je trouvais que ma réponse était con comme la lune. Elle a attrapé son sac à main, en a sorti deux cents francs qu'elle m'a donnés.

– Tenez, c'est pour vous... ne dites rien. Ce n'est pas la peine.

J'avais le billet à la main et je ne savais pas quoi dire.

– Je suis à la caserne du Vieux-Colombier... si vous voulez... enfin... je vous paierai un verre.

Je suis sorti de la voiture et du parking.

Arrivé dans la rue, je me suis vu dans le reflet d'un panneau publicitaire Decaux.

Maintenant je savais à quoi ça ressemblait un naze.

4

Je suis revenu à la caserne en traînant des pieds. J'avais honte de moi... honte de n'avoir pas su me comporter dignement avec cette femme, honte d'avoir pris l'argent, honte de n'avoir rien fait. Je me sentais un peu comme un petit garçon qui sait qu'en rentrant à la maison il va prendre une danse et qui, en ralentissant sa marche au maximum, espère qu'un événement extraordinaire va lui permettre de s'en sortir. Dans ma tête je rejouais la scène et j'en changeais la fin... j'imaginais avec conviction le bobard que j'allais sortir à Alex et à Malavoie... je me construisais un beau personnage plein de courage et de cynisme qui avait œuvré sur cette femme avec détachement et professionnalisme. Mais même ce petit mensonge me donnait honte. Je savais que j'avais la capacité de le faire gober aux autres mais cela ne me procurait aucune joie.

Je suis arrivé à la caserne alors que la nuit venait de tomber. Il y avait du monde dans la salle à manger. Par les fenêtres éclairées je voyais les copains en train de causer, de boire et de rigoler... il y avait Malavoie derrière le comptoir en pleine discussion avec Alex. Ça m'a surpris de le voir là, alors je suis entré dans la salle à manger.

– Tiens voilà l'autre baiseur fou, a dit Malavoie.

Alex s'est retourné et j'ai vu qu'il avait un énorme coquard sur l'œil gauche. L'arcade était gonflée comme un œuf et la pommette jaune et violette. Son œil était totalement invisible.

– Qu'est-ce qui t'es arrivé ?

– Justement j'en parlais à Malavoie...

– Qu'est-ce que tu prends, Grand ? Une mousse ?

– Bien fraîche.

– Je disais à Malavoie qu'au début ça a marché comme sur des roulettes. Elle était déchaînée la vieille. À peine on était montés dans sa voiture qu'elle commençait à me palper sous toutes les coutures. Prenez le volant, qu'elle disait, prenez le volant que je m'occupe de vous ! Moi j'étais un peu gêné... enfin vous comprenez, quoi ! ? je n'ai pas trop l'habitude que les femmes prennent les choses en main comme ça.

– Prendre les choses en main... la chose plutôt.

– Très drôle… toujours est-il qu'elle m'a sorti popaul avant même que j'aie fini de mettre la voiture en marche. Elle grognait comme une bête en me branlant… elle n'arrêtait pas de me dire des cochonneries : Tu vas voir, mon petit pompier, comme je vais te la faire cracher, ta lance ! Tu vas me mettre le feu entre les jambes !

– Non…

– Je te jure… jamais je n'avais entendu ça. Même que j'étais un peu choqué au début… j'avais du mal à bander. Mais rapidement ça a commencé à me chauffer et je sentais que ça venait.

– Mais elle était comment, la vieille… parce que je n'ai pas eu le temps de la voir quand t'es parti avec.

– Pas mal du tout… et pas si vieille que ça, je te le dis… ça tenait encore fermement. Voilà qu'on arrive chez elle, du côté de Malar. On gare la bagnole, je replie mon attirail et on monte. Un appartement coquet… avec des tapis épais sur du parquet ciré. Des murs avec des frises en relief et des plafonds vachement hauts… En voyant ça je me disais que j'allais lui tirer un maximum de blé… parce qu'il en faut du pognon pour avoir un appart' de ce genre.

– Ouais… moi je me méfie de la générosité des riches… on ne doit jamais oublier qu'ils sont riches parce qu'ils ne le dépensent pas n'importe comment leur pognon... d'ailleurs ce ne sont pas les riches qui donnent au Téléthon...

– On s'en fout, Malavoie... et ensuite qu'est-ce qui s'est passé ?

– On s'est déloqués sur tout le chemin vers la chambre... mais la vieille voulait absolument que je garde mon képi. Elle me vampirisait comme jamais je ne l'ai été : mon petit pompier qu'elle gloussait, tu vas voir comment maman va s'occuper de toi... je vais faire un pompier à mon petit pompier.

– Elle était à poil elle aussi ! ?

– Ben oui, forcément, puisque je l'avais déshabillée.

– Et c'était comment ?

– Mais bien, je t'ai dit... elle était impeccable... bon, pour les nibards j'avoue qu'ils dévalaient un peu mais pas au point d'être des gants de toilette... pour le reste par contre tu sentais qu'elle passait du temps au Gymnase club, la vieille... c'était bien ferme.

– Et le coquard ?

– J'y viens... j'étais donc en train de la besogner tranquillement quand j'entends un hurlement de sauvage derrière moi. J'ai sursauté si fort que je me suis retrouvé sur le dos à côté de la femme sans m'en rendre compte... et devant moi, au pied du lit, il y avait un mec avec encore son manteau gris sur le dos et la mallette à la main.

– Son mari ! Oh le con !

– C'est ce que j'ai cru aussi... je me suis levé sans un mot et j'ai commencé à rattraper mes fringues. Le mec il avait la bouche grande ouverte et il regardait la vieille avec horreur... moi je n'existais pas. Mais j'ai joué au con... au lieu de la boucler et de me tirer, je l'ai ouverte : je suis désolé, monsieur, mais je ne savais pas que votre femme... Et là le mec est revenu à lui et m'a regardé... Ce n'est pas ma femme, ordure, qu'il me fait, c'est ma mère ! Et pan il me colle une droite direct.

– Son fils !!! ben merde...

– Je ne te le fais pas dire... si ça avait été son mari j'aurais réagi et je lui en aurais mis une aussi mais là son fils... enfin j'étais gêné pour lui...

– Je te comprends, Alex... si je voyais ma mère comme ça...

– J'ai donc ramassé mes fringues et je suis parti... résultat des courses, je n'ai pas baisé, je n'ai pas pris de fric et j'ai un œil en vrac pour au moins une semaine...

– Ce sont les risques du métier... et toi, Grand, comment ça s'est passé ?

J'ai sorti le billet de ma poche...

– Bravo ! Je savais qu'on pouvait te faire confiance à toi. Prends-en de la graine, Alex.

– Oh non, Malavoie... il n'y a pas de quoi être fier...

Et je leur ai raconté mes aventures sans dévier de la vérité d'un seul pas. Ils étaient tous les deux aussi dépités que moi.

– Décidément c'est bien compliqué les femmes.

A doctement conclu Malavoie.

On était bien d'accord avec lui.

5

Le lendemain après l'appel, le capitaine est venu nous parler. C'était très rare qu'il se pointe à l'appel.

– Sapeurs, je voulais vous annoncer personnellement mon prochain départ de la troisième compagnie.

Ça nous a foutu un choc, son annonce... surtout que l'on ne s'y attendait pas du tout. Et, à voir la tête des sous-off, nous n'étions pas les seuls à être surpris. Ce n'est pas qu'on l'aimait particulièrement, le capitaine, mais on s'y était habitués et il était notre chef depuis suffisamment longtemps pour qu'on lui soit tous devenus fidèles. Mais c'est la règle à la brigade... les jeunes officiers de l'armée de terre viennent pendant quelques années faire leurs armes dans une compagnie du génie (parce que nous on est du génie !) puis une fois affinés réintègrent la Grande Muette pour y poursuivre leur carrière... C'est pour eux un excellent exercice car nous sommes une unité combattante. Nos sorties ne sont pas des manœuvres mais des opérations réelles.

– Je garderai de mon commandement parmi vous un excellent souvenir. À votre contact quotidien j'ai appris plus sur moi-même et sur le commandement que je ne le croyais possible. Pour cela je vous remercie. Et même si maintenant je retourne dans… dans la biffe, comme vous dites, je n'oublierai jamais mon passage ici et je resterai toujours, je l'espère, un ancien de la brigade. Voilà, c'est tout.

Il y a eu un moment de silence, puis l'adjudant-chef Blain a braillé :

– Garde à vous !

Et le capitaine nous a salués.

– Repos, messieurs… une dernière chose. Je dois vous prévenir que la caserne du Vieux-Colombier a été choisie comme site pilote dans l'opération de féminisation de l'armée française. C'est pourquoi mon remplaçant à la tête de la compagnie sera une remplaçante. La capitaine Nathalie Métrono. Je ne doute pas que vous lui ferez le meilleur accueil et que vous lui donnerez autant de satisfaction que vous m'en avez procuré.

Le ciel nous serait tombé sur la tête que nous n'aurions pas été plus estomaqués. Une femme ! Une capitaine allait devenir notre chef !

Le chef Blain a rompu les rangs et nous a envoyés en corvée...

La caserne du Vieux-Colombier se trouvait dans la rue du même nom à quelques dizaines de mètres de l'église Saint-Sulpice. Ce n'était pas un bâtiment d'un seul tenant, comme le qualificatif de caserne pourrait le laisser penser, mais trois immeubles et un hangar posés en carré autour d'une cour intérieure.

L'immeuble de façade, celui qui donnait sur la rue du Vieux-Colombier, abritait les engins et le poste de garde au rez-de-chaussée, et les appartements des gradés dans les étages supérieurs. Une voûte donnait accès à la cour. Sur la droite un immeuble de six étages avec au rez-de-chaussée les cuisines et la salle à manger, au premier les bureaux du capitaine et le mess des sous-officiers, et les chambres des sapeurs sur tous les autres étages. Sur la gauche un immeuble plus petit dans lequel on trouvait les toilettes, le poste radio et les bureaux de la caserne. Au fond un hangar avec, dans la partie gauche, le local des chauffeurs, et sur la droite le gymnase.

On devait être cent sapeurs en tout... mais nous n'étions jamais tous présents dans la caserne. Entre les permes, les repos, les maladies, il ne devait y avoir qu'une quarantaine de pompiers présents en même temps dans la caserne... Ce qui fait que l'on avait l'impression de bénéficier de beaucoup de place.

Dans la cuisine après l'appel il y avait du monde. Alex bien sûr, Malavoie, le caporal-chef Tirpitz, la Gentiane, Rabier (le secrétaire du capitaine), l'adjudant-chef Blain, moi et quelques autres qui étaient venus aux nouvelles.

Malavoie était hors de lui et parlait fort. Avec les mains il ponctuait ses phrases de grands mouvements emphatiques.

– Une femme comme capitaine... ah ben merde ! elle est bonne celle-là ! Et pourquoi pas des PS à pédales pendant qu'on y est ! ?

– N'en fais pas de trop, Malavoie. Ce n'est quand même pas la mort une femme comme capitaine...

– T'as raison, Rabier. Moi je trouve ça même plutôt chouette.

– Mais vous êtes plus crétins que la lune vous autres ! Vous savez ce que c'est une femme ! ?

– À ton avis, couillon.

– Mais bon sang de bois... faites un peu marcher vos neurones au lieu de ne penser qu'avec votre testostérone ! Pourquoi depuis la nuit des temps la brigade fonctionne-t-elle parfaitement ? Hein ! ? Pourquoi ça roule tout seul sans aucun problème ?

– À cause de la discipline.

– La discipline n'a rien à voir là-dedans mon gros. La brigade c'est du velours parce qu'elle est masculine ! Masculine, vous comprenez !

– Ça ne date pas d'hier les femmes dans la brigade...

– Comme cantinières, oui ! Infirmières... lavandières... enfin tout ce que tu veux en *ière* mais pas comme sapeur... et encore moins comme capitaine.

– Mais pourquoi ce serait mal qu'elles le deviennent ?

– Non, mais ce n'est pas possible... c'est à se taper le cul par terre d'entendre des conneries comme ça !

Il se tourna alors vers la Gentiane et le chef Blain.

– Vous qui êtes des hommes... qui connaissez la vie. Vous êtes d'accord avec moi, hein ?

– Ben...

– Quoi ben !!! Quoi ? Ne me dites pas que vous aussi vous êtes contents de la venue d'une femme comme capitaine !?

– Je ne dis pas cela, Malavoie... une femme c'est toujours des problèmes, mais ça a du bon aussi.

– Mais bien sûr que la femme a du bon parfois ! Mais tu as dit le bon mot : Problème !

Une femme chez nous c'est comme un chippendale dans un couvent de bonnes sœurs... c'est un problème. Et je ne parle pas de fesses. Grand Dieu non. Car si ce n'était que ça, la discipline réglerait le truc... Non, non, non... je parle de génétique ! De nature humaine ! Les femmes et les hommes sont deux espèces totalement différentes... On n'est pas faits pareil ! On ne parle pas pareil ! On ne pense pas pareil ! On n'aime pas les mêmes choses... tout nous sépare !

– À part le cul.

– Je ne te parle pas de partouze au Vieux-Colombier, connard, mais de chaîne de commandement ! De toute façon les femmes ne sont pas faites pour diriger les hommes...

– Ou alors par le bout du nez.

– C'est ça, c'est ça... rigolez, bande de nazes. Moi je vous le dis ! Quand un homme abandonne son pouvoir entre les mains d'une femme, il n'y a pas long pour qu'elle en vienne à le mépriser. C'est la nature qui le veut ! La femme cherche la force et le pouvoir chez les hommes et rien d'autre, ne l'oubliez pas. Alors allez-y ! Garde à vous devant la capitaine machin ! Le petit doigt sur la couture du pantalon et le regard droit devant sur la ligne bleue des Vosges ! Soyez bien obéissants et en moins de quinze jours elle vous traitera comme de bons petits clebs... et là, méfiez-vous qu'elle ne vous fasse pas sauter les roustons chez le premier véto venu.

On ne savait pas trop bien comment réagir. D'un côté on trouvait que Malavoie déraillait complètement et de l'autre on ne pouvait pas oublier qu'il était un maître question femmes. Même s'il était maintenant marié et père de famille (fidèle... mis à part la blonde du local des conducteurs), on connaissait son passé et son palmarès. Alors son inquiétude nous troublait quand même un peu.

Je regardais l'adjudant-chef Blain du coin de l'œil. C'était un homme de taille moyenne, avec un ventre rond et proéminent, une figure rouge avec une grande moustache noire qui rebiquait vers le haut aux extrémités. Comme beaucoup de sous-officiers de la brigade, il était du Sud-Ouest. Je guettais sa réaction car il était notre chef au quotidien, celui qui dressait les tableaux de quarts hebdomadaires et le lien entre la troupe et le commandement. Je me demandais comment il allait réagir aux propos de Malavoie. Pour l'heure il se balançait d'une jambe sur l'autre comme s'il hésitait. Si Malavoie avait du pouvoir sur nos consciences, le chef Blain avait l'autorité. Son avis comptait aussi.

– Je n'ai rien contre les femmes, continuait Malavoie, je les respecte et je les aime. Mais je ne veux pas qu'elles se mettent à jouer aux hommes. Et la brigade c'est une affaire d'homme !

Blain alors s'est énervé :

– Et les nominations c'est l'affaire du commandement ! Alors il n'y a pas à discuter. Le capitaine Métrono prendra ses fonctions lundi prochain et nous lui obéirons. Que ce soit madame ou monsieur le capitaine ne doit pas faire de différence pour un sapeur. J'espère que c'est clair pour chacun d'entre vous. Maintenant aux corvées.

6

Ce jour-là j'étais de VSAB... c'est une 4L camionnette qui décale sur les petites interventions. Fuites d'eau, clefs oubliées, chats dans les arbres... c'est un engin que j'aime bien car on aide les gens pour des choses pas bien graves. On a même des habitués, des vieux, des solitaires, des malheureux qui nous appellent régulièrement sous des prétextes divers. Même s'il n'y a pas de véritable urgence, on y va parce que nous savons que l'on peut sauver les gens avec autre chose qu'une civière.

On est deux dedans. Un caporal-chef et un servant... c'est-à-dire que l'on est entre hommes du rang. Tirpitz c'est un caporal-chef grand et sec avec une courte moustache noire et fournie qui lui mange la lèvre supérieure. Ce n'est pas vraiment un intellectuel mais on l'aime bien malgré ses galons. Faut dire aussi qu'il n'est pas chiant et que lorsqu'on est en java avec lui, avec la manie qu'il a de se déculotter à tout bout de champ pour exhiber sa virilité, on finit toujours par rigoler. Sur le principe, montrer sa bite comme ça à tout vent, ça n'a rien d'amusant... on pourrait même dire que c'est pitoyable... mais là c'est autre chose. Tirpitz a la plus belle bite que j'aie jamais vue de toute mon existence. Et je ne suis pas le seul à le penser. Toute la caserne... voire toute la brigade connaît et admire la bite de Tirpitz. C'est un machin énorme, que ce soit au repos ou en action. Souvent il se tripote sous la douche pour se faire bander et plastronne ensuite dans la salle d'eau, flamberge au vent, nous laissant admirer la merveille. Sans rire son machin lui remontait bien au-dessus du nombril.

Ce n'est pas que les hommes m'attirent, non. Mais une bite comme ça, vingt dieux, c'est comme de l'art.

Je me souviens qu'une fois la copine de Tirpitz était venue l'attendre à la sortie de la caserne. C'était une grande fille longiligne presque maigre avec des cheveux châtains bouffants autour des oreilles et de la nuque. Tirpitz était tombé fou d'elle dans une soirée où il avait exhibé son énorme zob. La fille l'avait regardé sans marquer une quelconque réaction puis, sans un mot, avait relevé son tee-shirt pour lui montrer ses seins. Pour Tirpitz c'était une déclaration d'amour irrésistible. Ils étaient ensemble depuis plusieurs années... mais cela n'empêchait pas le lascar ni de montrer son machin à tout vent, ni de fricoter avec d'autres demoiselles.

Malavoie qui l'avait repérée était allé la voir :

– Mademoiselle, je vous admire... total respect !

Elle n'avait pas bien compris pourquoi il lui disait cela. Mais nous on avait approuvé... engouffrer un machin comme ça en étant aussi fine, ça relevait de la prouesse.

Enfin... tout ça pour dire que lorsque Tirpitz se déculottait dans un bar ou dans une boîte il y avait toujours du spectacle.

Bien souvent quand un individu possède une caractéristique physique hors du commun, cette dernière devient son obsession, sa passion, l'objet de toutes ses pensées. Tirpitz ne dérogeait pas à la règle. Pour tout dire il ne pensait qu'à ça. D'ailleurs entre nous on disait qu'il avait un sexe qui lui poussait sur le front et que les deux testicules qui pendaient en dessous l'empêchaient de voir autre chose dans l'existence... Sa philosophie était simple et se résumait à trois mots : ducul, ducul, ducul !

Heureusement c'était un monomaniaque joyeux et lorsqu'on était avec lui c'était toujours amusant de l'écouter parler. Il racontait ses parties de jambes en l'air avec une gourmandise communicative.

Vers les dix heures du matin on est partis Tirpitz et moi sur une fuite d'eau du côté de la rue du Bac. Quand on est arrivés, on est tombés sur un spectacle comme je n'en avais jamais vu. L'eau pleuvait comme orage d'été sous la voûte d'entrée. Des cataractes de flotte et sur le sol deux trois centimètres d'eau malgré la pente qui l'évacuait vers le caniveau.

– Il y en a un qui vide sa piscine ou quoi ?

– En tout cas va y avoir du dégât des eaux chez les assureurs… j'imagine la gueule du responsable quand il va faire sa déclaration.

Le concierge faisait les cent pas sous la voûte, zigzaguant entre les trombes et le déluge. Quand il nous a vus, il s'est précipité sur nous comme la misère sur le pauvre monde. Il était désespéré et complètement dépassé par l'ampleur de la catastrophe. Il se tordait les mains en une prière muette et suppliait Neptune de bien vouloir cesser de vider ses océans dans son hall d'entrée.

– Ah vous voilà, grâce à Dieu ! Ça coule comme ça depuis dix minutes… mon Dieu, mon Dieu qu'est-ce qu'on peut faire ?

– D'abord nous dire où se trouve l'arrivée d'eau de l'immeuble.

– Hein ? L'arrivée d'eau ? Mais pour quoi faire ?

– Pour la couper, monsieur. Pour que l'eau cesse de couler.

– Ah oui ! Excellent... Venez, venez, c'est par ici dans la cave...

– OK j'y vais, Grand, fais les étages.

Un pompier en intervention ne prend jamais l'ascenseur. C'est une règle d'or à la brigade. Imaginez la honte qu'on aurait si, coincé dedans, on était obligé de demander aux habitants de prévenir les pompiers pour qu'ils nous dégagent. Ce n'était pas envisageable. Dans le cas d'une fuite d'eau il faut toujours commencer par le dernier étage... généralement le sixième... dans notre secteur il y a très peu de septième à cause de la hauteur sous plafond. Donc me voilà grimpant les étages à la recherche de l'origine du torrent qui dévastait l'immeuble en son entier.

Arrivé au sixième j'ai sonné à la première porte sur la gauche. Une vieille dame est venue m'ouvrir. Elle avait de petits cheveux violets remontés sur les oreilles en rebiquettes tortillonnées en escargots.

– Bonjour, madame... sapeur-pompier de Paris. Il y a une importante fuite d'eau dans l'immeuble. Pourrais-je jeter un œil dans votre appartement des fois que cela provienne de chez vous ?

– Une fuite chez moi ! ? Grand Dieu mais c'est terrible… attendez, attendez je vais appeler mon fils, lui il saura.

– Ne vous inquiétez pas, madame… il n'est pas dit que la fuite vienne de chez vous. Alors, avant de prévenir votre fils, laissez-nous vérifier.

– Ah oui, d'accord. Mais après je téléphonerai à mon fils… lui il sait quoi faire dans ces moments-là.

– Comme vous voulez, madame.

Je suis directement allé à la salle de bains. De toute façon une fuite d'eau c'est soit la salle de bains, soit la cuisine, soit les toilettes, soit la lingerie… ce n'est pas compliqué.

Il était grand l'appartement et vieux aussi. Avec des couloirs partout. Haut de plafond et sombre. Et des portes fermées comme des cachots, grises à force d'être sans soleil. La salle de bains se trouvait au fond d'un de ces couloirs. Quand je me suis approché, j'ai su que je n'aurais pas d'autres appartements à visiter. La moquette vert bouteille a fait flouich, flouich sous mes pas et quand j'ai ouvert la porte une vague de deux centimètres de haut s'est allongée sur mes bottes. À côté de la baignoire, échoué sur le carrelage comme une grosse baleine blanche, le cumulus tombé du mur crachotait encore quelques gouttes… plus haut sous le plafond le tuyau d'alimentation pendouillait en gouttant bêtement. Tirpitz devait avoir trouvé le robinet d'arrêt général.

La vieille qui m'avait suivi, quand elle a vu la piscine que c'était, elle a suffoqué deux ou trois fois en émettant des ouek! ouek! étranges et inquiétants avant de partir à la renverse. Sa tête a cogné contre le mur. Le choc a fait jaillir son dentier de sa bouche et elle s'est écroulée de tout son long sur la moquette trempée.

Merde... et Tirpitz qui était en bas. J'ai attrapé la vieille et j'ai cherché un endroit où l'allonger. Après avoir ouvert deux portes et tourné trois fois dans le couloir, j'ai finalement trouvé la chambre de la vieille et je l'ai déposée sur son lit. Elle respirait toujours... juste un petit malaise devant le spectacle. À ce moment on a sonné à la porte. Ça devait être Tirpitz. Je suis allé le chercher et on s'est occupé de la vieille.

Bien sûr au début il m'a engueulé un peu. Que j'étais une truffe totale et que si je n'étais pas capable d'être délicat avec les personnes âgées valait mieux que je reste à la maison. Que jamais il n'avait vu ça de toute sa carrière. Il commençait à me chauffer les nerfs quand la vieille a repris connaissance.

« Houla, houla » qu'elle faisait en se posant la main sur la poitrine. Moi je lui faisais de l'air avec une serviette pendant que Tirpitz tentait de lui prendre le pouls.

– Il faut appeler mon fils... houla, là il faut l'appeler, hein.

– On va faire ça, madame, mais d'abord on s'occupe de vous.

– Houla, houla... merci, vous êtes bien gentils avec moi.

– C'est notre devoir, madame, nous sommes pompiers de Paris.

En cinq minutes on l'avait remise sur pied la vieille. Et on l'a aidée à téléphoner à son fils.

– Pourriez-vous attendre avec moi le temps qu'il arrive, messieurs ? Je ne me sens pas encore très gaillarde.

– Pas de problème, madame.

Elle nous a servi un verre de guignolet kirsch et on s'est assis sur des fauteuils au pied de son lit. J'en ai profité pour lui poser des questions.

– Qu'est-ce que ça vous ferait si à la place de pompiers, c'étaient des pompières qui venaient ?

– Oh je n'aimerais pas cela.

– Pourquoi ? Vous n'aimez pas les femmes.

– Non, ce n'est pas cela... mais vous savez, je suis une vieille femme. Et de mon temps chacun savait garder sa place. Les métiers d'hommes pour vous et les métiers de femmes pour nous. Ça marchait tout aussi bien, vous savez... Et vous-même comment réagiriez-vous si à l'hôpital vous étiez soigné par un infirmier plutôt que par une infirmière ?

– Si c'est pour porter mon brancard, je préférerais des infirmiers.

– Moi je ne supporterais pas qu'un homme me touche... déjà je ne vais jamais chez un toubib homme. Faut que ce soit une femme.

– Eh bien, voyez-vous mes petits, pour moi c'est pareil. Les pompiers ce sont des hommes. Mais pourquoi me demandez-vous cela ? Il va y avoir des femmes chez vous ?

– Oui... notre capitaine s'en va et c'est une capitaine qui le remplace.

– Oh...

Elle a laissé passer un silence.

– Et ça vous gêne qu'une femme devienne votre capitaine ?

– Je ne sais pas... c'est surtout qu'on n'est pas habitués.

– À être commandés par une femme ! ?

Tirpitz a rigolé un peu.

– J'ai été marié, vous savez... alors les ordres d'une femme je m'y suis habitué. Mais là... c'est pas comme dans un couple, quoi... c'est la vraie vie.

– Vous pensez qu'une femme n'est pas capable de commander ?

– Je ne sais pas.

– Et vous, jeune homme. Qu'en pensez-vous ?

– Vous savez, madame, recevoir des ordres, ce n'est jamais très agréable. Quand ça vient d'un homme, d'un chef, on ne dit rien parce que c'est normal. Mais d'une femme. Je crois que j'aurais du mal à ne pas répondre si je ne suis pas d'accord.

– Et pourquoi ça ?

– Je ne sais pas...

– En somme vous ne savez pas pourquoi mais l'idée d'être dirigé par une femme ne vous plaît pas ?

– On peut dire ça comme ça.

Elle nous regardait avec gentillesse, la vieille. Et nous on regardait le fond de nos verres avec un peu de honte. On se sentait cons de nos réactions. Mais on n'y pouvait rien, elles nous venaient du fond du ventre.

– Vous savez ce que je crois ? En fait ce qui vous fait peur c'est que votre nouvelle capitaine va vous donner des ordres à la manière masculine.

– C'est quoi la manière masculine ?

– Un homme qui veut que vous fassiez quelque chose va vous dire : fais ça ! Une femme par contre va vous dire : tu ne crois pas que ce serait bien si on faisait ça ?

– C'est vrai ça... on croirait entendre mon ex-femme. « Ce serait bien si on déplaçait le canapé. » Le on chez elle ça voulait dire moi.

– Vous voyez, ce n'est qu'une question de présentation. Donnez-lui une chance à votre capitaine.

– De toute façon on n'a pas le choix.

Quand on est rentrés, la caserne était en effervescence. Malavoie avait claqué le beignet de Rabier (le secrétaire du capitaine) et l'adjudant-chef Blain avait dû intervenir en personne pour les séparer. L'atmosphère était lourde.

Je suis allé voir la Gentiane pour lui demander de me raconter. On l'appelait comme ça parce qu'il avait un faible pour la Suze… Pas pour la Suze pure mais en cocktail. Il en fourrait partout : avec du tonic, du Perrier, de la bière (parce que le Picon ça sale trop, disait-il).

Plus d'une fois on avait dû le porter jusqu'à son engin tellement il titubait. Mais au volant ça allait… heureusement que les poulets ne font jamais souffler les conducteurs d'engins, sans cela je crois qu'il n'y en aurait plus beaucoup à la brigade.

Il bossait au magasin. C'est-à-dire qu'il veillait sur le stock de vêtements et de fournitures. C'était un grand gars, brun, avec une moustache tombante. Un menton qui se confondait avec son cou et un bide mou. Même pour les hommes il était moche… c'est tout dire.

– C'est Rabier qui a déconné. On le voyait bien que Malavoie ça le foutait en l'air cette histoire de bonne femme capitaine. Mais l'autre il n'a pas cessé de le chercher là-dessus. C'est pas la fin du monde qu'il lui disait. Une femme c'est aussi bien qu'un homme ! On n'est plus au Moyen Âge ! Les femmes sont nos égales ! Et patati et patata ! Faut te mettre à la page ! T'es dépassé ! À la fin, Malavoie, il a explosé. Ça m'étonne pas que tu sois pour, qu'il lui a dit, t'as déjà un métier de gonzesse. Alors une de plus dans la caserne pour toi c'est tout bénef, tu te sentiras moins seul. Rabier ça ne lui a pas plu cette réflexion et il a dit à Malavoie qu'une réaction comme ça c'était le signe d'une homosexualité refoulée. Oh là là ! T'aurais dû voir ça ! Le père Malavoie il est devenu rouge comme un bloody mary et il lui a claqué le museau. Peng ! Sur la tronche. Mais le Rabier, même s'il a un boulot de sédentaire, c'est pas une fiotte. Il lui a retourné sa baffe aussi sec. Et là, oh là là ! ça a commencé à tomber sévère. Heureusement que c'était dans la cour et que Blain, de son bureau, a tout vu. Il est sorti en trombe et les a envoyés dans leur chambre pour se calmer. Ah c'est dommage que vous ayez manqué cela…

ça faisait longtemps qu'on n'avait pas autant rigolé.

– Ça te fait rire, toi, que les copains se tapent dessus ?

– C'est pas un copain, Rabier.

Je me suis rendu compte à ce moment-là que la Gentiane était véritablement très con. Jusqu'à maintenant cela ne m'avait pas marqué… sans doute qu'il ne s'était encore rien passé dans la vie de la caserne pour que cela devienne aussi visible.

– Tu ferais bien de ne pas trop rire, la Gentiane… c'est grave ce qui ce passe. Très grave.

– Tu ne vas pas t'y mettre à ton tour. C'est qu'une bagarre… ça ne pisse pas très loin.

7

Avant d'intégrer une caserne opérationnelle, soit à Paris et ses environs soit à Nogent-le-Rotrou (quartier d'une unité de la brigade qui intervient sur les feux de forêts), tous les pompiers passent deux mois de classes au fort de Villeneuve-Saint-Georges.

C'est un gigantesque château avec deux murs d'enceinte séparés par des douves sèches. Un machin construit vers la fin du XIXe, je pense, car tout y est pensé industriel... pas un seul arrondi, pas un rabicoin. Des angles par contre et des esplanades à n'en plus finir avec des bâtiments rectangulaires posés autour de la cour d'honneur. Et puis le dortoir... deux étages en long sur plus de cent mètres, avec un couloir qui court droit sur toute la longueur et donne sur des chambrées disposées perpendiculairement. Dans chaque chambrée trente lits superposés... quinze de chaque côté. Les deux lits l'un sur l'autre la tête collée au mur. Deux armoires pour le paquetage dont le dos sert d'appui aux lits voisins. Entre le lit et l'armoire trente centimètres.

Et du monde à ne plus savoir qu'en faire... six, sept cents gus en bleu de travail avec les énormes rangers noires aux pieds. Le cheveu court et les corps exténués d'entraînement et de gymnastique. Deux mois les uns sur les autres... deux mois à ne jamais se quitter.

Le premier jour, je m'en souviens, on nous a emmenés faire le tour du propriétaire... tous les pompiers y sont passés. Au pas de course ! le tour du fort et des terrains d'entraînement. Quarante minutes de jogging... une mise en jambes et en bouche. À la fin le sergent nous a montré une fosse. Profonde de deux mètres cinquante peut-être.

– Allez, mes gaillards ! Descendez-moi là-dedans.

Et puis quand on a tous été bien tassés dans le fond, qu'on devait lever le regard pour le voir et bien l'entendre, il nous a dit :

– Vous avez deux minutes pour sortir de là. Ceux qui ne seront pas dehors dans deux minutes n'auront pas de permission ce week-end.

Holà, mes amis, comme on a commencé à se marcher dessus ! Pousse-toi de là que je grimpe le premier ! Vire, connard, ma gonzesse m'attend ! Et des coups de coude dans les côtes, et que je t'attrape par la chemise pour que tu ne sortes pas avant moi... Deux minutes plus tard on était encore tous dedans à s'empêtrer les uns les autres.

Le sergent alors nous a dit :

– Je vous ai menti... il n'y a jamais de permission le premier week-end. Mais comme je savais qu'aucun d'entre vous ne sortirait... je ne risquais pas grand-chose. De mémoire de sergent instructeur on n'a jamais vu de bleus sortir de la fosse le premier jour. Et savez-vous pourquoi ? Parce que vous êtes individualistes, bêtes, personnels, crétins et égoïstes ! Et je pèse mes mots. Ici, pendant les deux prochains mois je ne vais pas vous apprendre à être des pompiers... deux mois c'est bien trop court. Non ! Pendant deux mois je vais vous donner une condition physique et surtout je vais vous apprendre le sens du collectif et de l'entraide. Ça peut vous paraître ringard comme mot, l'entraide. Je sais bien que dans notre société aujourd'hui le mot d'ordre c'est tout pour ma gueule et ce qui reste pour les autres. Mais vous n'êtes pas dans la société, messieurs, vous êtes chez les pompiers. Et un pompier qui ne pense qu'à sa gueule est un pompier qui risque de mourir au feu et, pire encore, qui risque de mettre la vie de ses copains en danger. En intervention c'est votre capacité à travailler en équipe, votre esprit d'entraide, la solidarité qui vous permettront de faire votre boulot avec efficacité et sans risque. Maintenant sortez de là… aidez-vous les uns les autres…

À la fin des deux mois de classes on ne mettait plus que dix-sept secondes pour sortir de la fosse. On était devenus des pompiers… solidaires et unis comme les doigts de la main.

Alors voilà pourquoi je ne partageais absolument pas l'avis de la Gentiane. Ce qui se passait à la caserne était très grave. Deux gars qui se battent, ça crée forcément des clans… les pour et les contre. Et si jamais un jour, lors d'une intervention, se retrouvaient face à face un pour et un contre. Comment réagiraient-ils si l'un des deux devait sauver l'autre ?

8

L'adjudant-chef Blain appelait les morts un par un de sa grosse voix à l'accent du Sud-Ouest. Le caporal de jour lui répondait.

– Sapeur Alain Pointreneau !

– Mort au feu !

– Sapeur Julien Toussaint !

– Mort au feu !

Des noms de pompiers décédés en intervention… brûlés vifs, asphyxiés, écrasés, brisés… des noms par dizaines à qui tous les premiers jeudis du mois on rendait hommage sans larmes ni mélancolie. Des noms sans visage et sans histoire pour la plupart mais qui parfois faisaient lever les yeux au ciel aux anciens de la brigade.

Ne croyez pas que cette cérémonie mensuelle était là pour nous tirer les larmes du cœur… Oh non ! Simplement, elle permettait de se souvenir que *Sauver ou périr*, notre devise, n'était pas que mots en l'air mais réalité bien terre à terre. Et cette mort qu'on nous rappelait tous les mois ne nous effrayait pas. Au contraire même... je crois que si elle n'avait pas été là en permanence à nous guetter, cette mort, les vocations de pompiers se seraient faites plus rares... D'une certaine manière ce danger quotidien nous drapait d'une noblesse et d'une chevalerie qui nous grandissaient à nos propres yeux. Oui : Je suis prêt à mourir pour sauver quelqu'un ! Cela peut paraître enfantin, vantard... mais tous les jeudis matin, les dizaines de noms qui gagnaient le ciel après nous avoir enveloppés de leur souvenir confirmaient à nos yeux que notre mission était noble parce qu'elle mettait nos vies en péril. Et tous ces jeudis-là, nous étions tout à la fois tristes de la mort des copains et terriblement fiers d'être des pompiers. Curieuse vanité, je le concède, que de se parfumer de mort pour se sentir bien vivant. Mais c'était la réalité... notre réalité...

Ce matin-là il y avait quelque chose de plus à l'appel aux morts qui nous rendait tous très attentifs. La capitaine Nathalie Métrono était des nôtres. En uniforme, au garde-à-vous, avec veste de cuir et casque sur la tête... à gauche et légèrement en retrait de l'adjudant-chef. Même si nous étions tenus de regarder droit devant nous, le garde-à-vous l'imposant, tous nos regards étaient posés sur elle.

C'était une femme de peut-être trente ans... il était difficile dans sa posture martiale de lui donner un âge précis. Elle avait les cheveux bruns et courts qui tombaient en bol autour de sa nuque. Sa peau était blanche et son nez retroussé aurait pu lui donner, dans un autre contexte, un air impertinent.

Son arrivée nous avait pris de court. Jamais nous n'aurions imaginé qu'elle allait débarquer comme ça, sans tambour ni trompette, en se présentant à l'appel un beau matin. Pourtant il n'y avait pas de raison que cela se passât différemment mais nous étions tous tellement perturbés par cette histoire qu'on s'était attendu à ce que les choses soient plus officielles... avec du tralala et des petits-fours. Elle n'était pas jolie sans être laide pour autant... elle était simplement normale mais nous étions tous, je crois, un peu déçus de cela.

Quand l'appel a été terminé, elle s'est avancée vers nous. Elle a ouvert la bouche et la sirène a retenti. L'équipage du PS est parti en trombe... Forcément il y a eu un moment de flottement. Que devait-on faire? Attendre le discours ou rompre les rangs. Mais nous n'avons pas eu à nous poser trop longtemps la question. La sonnerie de l'échelle a résonné à son tour… Puis dans la foulée celle du fourgon. En un clin d'œil la cour s'est vidée de ses forces vives et la capitaine Métrono s'est retrouvée quasi seule avec son discours coincé en travers de la gorge… pas terrible comme premier contact… surtout que c'est très rare que les trois engins décalent de concert. Il faut que ce soit une demande express du PC Champerret… ou alors, comme c'était le cas présent, que le standard reçoive plus de trois appels consécutifs pour le même sinistre. C'est une règle étrange d'ailleurs celle des trois appels… elle ne répond à aucune autre logique que l'expérience. Quand on reçoit un appel pour un feu, c'est un feu normal. Deux appels, de deux personnes différentes, c'est toujours un feu normal. Mais trois appels, de trois personnes différentes, alors il y a quatre-vingt-dix-neuf chances sur cent pour que le feu soit très important. Qu'est-ce qui explique cela ? Mystère et boule de gomme !

Toujours est-il que la règle est avérée. Jamais de mémoire de pompier nous n'avons reçu plus de deux appels pour un feu de poubelles ou de voiture…

Donc autant vous dire que nous étions tous sacrément excités dans nos engins. Une grosse intervention en début de matinée ça vous donne la pêche pour tout le restant de la journée.

Dans l'échelle je me suis retrouvé avec Malavoie. Ça m'a étonné de le voir là, je me souviens, car je ne l'avais pas remarqué pendant l'appel… mais il était bien là. Le visage rayonnant de bonheur et roulant à toute allure dans les petites rues du Quartier latin.

Si les chauffeurs se tirent la bourre avec le concours du deux tons, il y a un autre sujet sur lequel ils se chamaillent sans cesse : les chemins à suivre pour aller le plus rapidement de tel à tel endroit. À les écouter on se croirait à un meeting de la G7… il n'est question que de raccourci, de détour qui fait gagner du temps, de rue à éviter…

– Comment ! Comment ! ? Villersexel par Saint-Germain ! Ça me ferait mal.

– Ben souffre, trouduc, parce que si tu remontes Saint-Germain par le couloir de bus…

– Ah comme ça d'accord mais…

–Y a pas de mais, mon gars… tu connais Paris comme je connais Pétaouchnock, c'est tout ce que je dis…

Sur un échange de ce genre, ça pouvait durer des heures entre conducteurs. Parfois même tourner vinaigre… Car c'était de leur compétence qu'ils parlaient à ces moments-là. Et ils n'en rigolaient pas du tout.

Tout ça pour dire que lors d'un départ en masse, chaque conducteur se faisait un point d'honneur d'arriver le premier sur l'intervention. Histoire de clouer le bec des autres jusqu'au prochain triple appel.

Malavoie était souvent vainqueur de ce genre de course. D'abord parce qu'il était bon conducteur et puis parce qu'il connaissait le quartier comme sa poche. Mais là... avec l'échelle... fallait pas rêver. Même en connaissant tous les raccourcis c'était impossible. C'est un monstre cet outil de la mort. Long de plus de dix mètres, large de trois, lent et lourd malgré deux cents chevaux sous le capot. Aucun conducteur ne fait la course quand il est d'échelle... mais là je trouvais que Malavoie enquillait un peu de trop dans les virages et les petites rues. Et puis il utilisait le deux tons sans discontinuer, ce qui ne lui ressemblait pas.

– On n'est peut-être pas pressés à ce point, dis-moi.

– Il ne s'agit pas de ça, Grand... mais de bien leur montrer qui est le meilleur.

– Mais on le sait que tu es le meilleur conducteur de la brigade...

– Non mais tu les as vus ce matin!? T'as

remarqué comment qu'ils la mataient l'autre tringlot!! Si je ne reprends pas les choses en main, dans une semaine ils lui boufferont tous dans la main.

– Mais qu'est-ce que ça peut faire?

– Pauvre cloche... t'es déjà foutu. Heureusement que je suis là! C'est pas demain la veille qu'une bonne femme nous donnera des ordres. Je te le dis, moi... ses petits discours à la mords-moi le nœud elle peut se les carrer dans le fion! Et si elle essaye de s'y recoller, il y aura d'autres alertes.

Il m'a fallu presque deux secondes pour que ce qu'il venait de dire m'apparaisse dans toute son horreur. Tout d'abord je n'ai pas voulu y croire. C'était impossible! Non, pas Malavoie! Pas lui! Un ancien de la brigade et puis pompier sous toutes les coutures... il n'aurait pas osé. C'était grave une fausse alerte... surtout une comme ça... car si entre-temps une véritable alerte arrivait, qui se chargerait d'y répondre? Malar? Port-Royal?

J'allais lui dire ce que je pensais de ses combines à la con quand il a tourné sec dans la rue de Bellechasse... vingt mètres devant on a vu le cul ouvert d'un camion de déménagement.

– Merde!

Il a freiné brutalement et enclenché la marche arrière. On a reculé d'un mètre à peine avant de sentir une gêne... comme si on butait sur quelque chose... Dans les rétros on ne voyait rien.

– On doit se cogner le trottoir. Va voir.

Je suis descendu à toute berzingue et j'ai remonté le plateau de l'échelle jusqu'à l'arrière. Je me demandais de quel trottoir il pouvait bien s'agir puisque nous étions dans l'alignement de la rue. Malavoie continuait de tenter de reculer. Le moteur hurlait de tous les poumons de ses deux cents chevaux... Vrooooom !!! Vrooooom !! Le grondement rauque du diesel avec la fumée noire qui giclait de l'échappement monté le long de la cabine avant. Vroooom !!! Et puis le deux tons par là-dessus qui en rajoutait comme des cuivres sur un roulement de tambour. Vroooom !!! Pin-Pon ! Pin-Pon ! Vrooooom !!! Il insistait, le Malavoie ! Pour sûr que ça devait être drôlement important pour lui d'être le premier. Mais il aurait dû se calmer parce que ça devenait franchement l'apocalypse, notre bazar... le bruit du moteur, le deux tons pin-pon, la fumée noire, les craquement de l'échelle qui hoquetait sous l'effort d'avant en arrière, balançait d'un côté à l'autre. Les élingues qui gémissaient sous les tensions contraires, Tzoing-Tzoing... et puis loin derrière tout ce capharnaüm un petit tut-tut qui venait de je ne sais où. Vrooooom !!! Vroooom !!! Déjà du monde qui se penchait aux fenêtres pour ne pas rater le spectacle. Pin-Pon, Pin-Pon !

Quand je suis arrivé au bout du plateau, oh misère ! j'ai vu sur quoi on butait. Et ce n'était pas le trottoir. Mais une Mini encastrée sous l'échelle avec deux bonnes femmes affolées à bord. Et à chaque accélération de l'autre con, l'échelle engloutissait une nouvelle bouchée de Mini. Elle en avait déjà becqueté plus de la moitié.

La femme à la place du mort essayait de passer à l'arrière mais avec son gros manteau en fourrure, ses sacs de courses sur les genoux et la taille de la bagnole, elle n'arrivait qu'à se cogner les hanches dans l'appui-tête. Elle se débattait et hurlait à la mort. Se cognait de partout comme un moustique sous un abat-jour. Tentait d'ouvrir la portière mais la carrosserie tordue en avait faussé les serrures. L'autre, la conductrice, était debout sur son klaxon. Tut-Tut, Tut-Tut... elle poussait des bras et des jambes dans l'espoir de reculer son fauteuil au maximum pour échapper à l'appétit dévorant de l'échelle qui continuait de grimper sur le capot.

Vrooooom !!!

Elles braillaient à l'assassin, au meurtre, les deux perruches. Les yeux exorbités. Le visage terrorisé. Elles gesticulaient tout ce qu'elles pouvaient dans leur petite bagnole… c'en était presque pathétique… comme un banc de krill qui tente d'échapper aux fanons déployés de Monstro la baleine. Et l'autre furieux qui continuait à vouloir reculer. Les grondements des deux cents chevaux, le deux tons par là-dessus et maintenant les hurlements des deux femmes… Jusqu'aux fenêtres des immeubles qui se mettent à leur tour à gueuler… toute la rue au spectacle. Hommes et femmes penchés aux balcons qui invectivent leur conseil… qui nous insultent ! nous soutiennent ! se marrent ! commentent ! Manque plus que les poulets.

– À l'aide ! Stop ! Au secours !

Je suis remonté en vitesse vers la cabine en hurlant à Malavoie d'arrêter immédiatement. Mais il était tellement dans son truc qu'il ne m'a entendu que lorsque j'ai ouvert la porte.

– Mais arrête-toi, bon Dieu ! On est en train de se faire une bagnole !

– Hein ! ?

Il a regardé dans ses rétros. Mais on ne voyait rien. Elle était trop petite la Mini et puis surtout beaucoup trop sous le plateau pour qu'on puisse seulement l'apercevoir.

– Arrête, je te dis.

Il a levé le pied et les deux cents chevaux se sont tus.

J'ai coupé le deux tons...

Maintenant on entendait mieux le tut-tut de la Mini.

La rue entière a soupiré.

– On se l'est faite de combien la bagnole ?

– On est dans la merde, Malavoie.

9

Et encore on avait de la chance d'être pompier ! Parce que flic, postier ou même simple livreur, elles nous auraient assassinés les deux bonnes femmes. Pas de quartier ! Elles nous auraient hachés menu sans qu'on puisse seulement moufter. On était trop coupables, Malavoie et moi… totalement impardonnables. Et puis la tronche de la Mini… Aïe, aïe, aïe… Aussi moche qu'un crime de guerre.

Mais là rien de tout ça. Au contraire même ! Elles comprenaient tout les deux rombières. Que dans l'urgence de notre mission on ne pouvait pas regarder derrière nous. Qu'une si minuscule bagnole ne pouvait être vue de la cabine de notre monstre. Que… que… que… enfin toutes les excuses étaient de notre côté. Elles ne nous en voulaient pas du tout.

N'empêche, nous avons quand même dû remplir un constat. Et ça ce n'était pas bon pour nous. Pas du tout. Parce que à la brigade on est sensibles aux accidents de la route et même si on se fait emplafonner par un type venant de notre gauche et qui a grillé le feu rouge, on se fait tirer les oreilles. Alors dans notre cas…

Mais ce n'était pas le pire. Car il a fallu que je prévienne Champerret de notre accident et leur demande d'envoyer une autre échelle sur les lieux du soi-disant incendie. J'ai eu honte de faire ça. Mais plus que tout j'en voulais à Malavoie de me contraindre à mentir, à trahir la brigade. Pour un peu j'aurais aimé qu'il ne soit pas mon ami et pouvoir sans remords le laisser seul dans sa merde. Il sentait bien ma colère, le père Malavoie, mais malgré ça, ou peut-être à cause de cela, histoire de détendre l'atmosphère, il a essayé de faire le mariolle.

– T'as vu, Grand ! ? T'as vu comment elles nous regardaient ! ? Et la situation n'était pas à notre avantage, hein ! ? Et pourtant elles nous dévoraient du regard. C'est bien la preuve qu'on a la cote auprès des femmes, nous autres… et celui qui n'arrive à rien en étant pompier, c'est qu'il a un destin de curé.

– Malavoie ! Ta gueule !

– Pardon ?

– Ferme-la, Malavoie ! Boucle ta grand schnaps !

Je ne veux plus t'entendre, tu comprends. Tu me fais honte… comment as-tu osé faire ça?

– Faire quoi?

– Ah, ne me prends pas pour un con en plus!!!

– Je ne comprends pas ce que tu racontes.

– La fausse alerte, fumier! La fausse alerte.

– …

– Faut vraiment que tu sois complètement barré pour en arriver là.

– Mais enfin, qu'est-ce que tu vas imaginer!!!

– Je n'imagine rien, Malavoie. J'ai compris, c'est tout. Mais t'en fais pas, va, je ne dirai rien. Je ne suis pas de ce genre… en attendant, tu devrais prendre des congés. Histoire que tu reviennes un peu sur terre. Ce n'est pas la fin du monde une femme comme capitaine. Et à part toi, tout le monde s'en fout dans la caserne. Alors ne mets pas la merde juste pour ton compte… on est une équipe, Malavoie, je te le rappelle.

On ne s'est plus adressé la parole jusqu'à la caserne.

Avant le déjeuner on nous a tous réunis dans la cour. C'était inhabituel. On ne faisait pas d'appel dans la journée. On a vu arriver la capitaine. Elle avait le visage fermé.

– Il s'est passé ce matin quelque chose de grave. De très grave. De manière coordonnée plusieurs personnes ont appelé la caserne pour avertir d'un incendie imaginaire. Trois personnes exactement… Si nous sommes, hélas, habitués aux fausses alertes, c'est la première fois que nous en subissons une aussi délibérément agressive. Il ne fait aucun doute que la manœuvre de ce matin visait à vider la caserne de ses moyens d'action et à mettre en péril la vie des habitants du quartier. Nous avons également la conviction que cette fausse alerte est l'œuvre de quelqu'un de chez nous… L'œuvre d'un sapeur ! Seul quelqu'un connaissant nos us et coutumes peut connaître la règle des trois appels. J'aurais aimé prendre mes fonctions dans d'autres circonstances et vous tenir un discours plus ouvert et plus généreux. Mais la bêtise d'un seul me conduit à taper du poing sur la table. Aujourd'hui la caserne du Vieux-Colombier est montrée du doigt comme la caserne du laisser-aller et de la trahison. Je ne le tolérerai pas… Chef Blain, envoyez ce petit monde à la planche.

Nous avions tous la tête basse et l'esprit sonné par le discours de la capitaine. Tout le monde était sous le choc de ses révélations… moi, je me demandais si elle avait une idée sur le coupable… ou si quelqu'un lui avait soufflé cette idée…

En tout cas comme retour d'un trois appels on avait fait mieux.

La planche bazar ! Qu'il pleuve, qu'il tonne ou qu'il neige c'est notre exercice quotidien. Impossible d'y échapper. Avant ou après le déjeuner, suivant la coutume de la caserne, on se retrouve en tenue de feu, veste de cuir et casque brillant sur le crâne, sous cette foutue planche. De toute façon un pompier qui ne triomphe pas de la planche n'est pas autorisé à décaler… c'est la règle non écrite mais serinée à qui mieux mieux dès Villeneuve-Saint-Georges à tous les bleus qui débarquent. L'exercice suprême. Celui qui vous consacre pompier ou qui vous rejette au ban de la communauté.

Alors zou ! Même les gradés ! Mais eux à la fin bien sûr ! Après nous avoir matés en silence.

Je ne sais pas pourquoi cette planche est devenue le symbole de notre aptitude à décaler. Sans doute n'y a-t-il pas d'autre raison que la tradition… enfin ! Toujours est-il qu'une fois par jour dans toutes les casernes de France et de Navarre on s'y colle.

Elle est là, fixée au-dessus de nos têtes, à deux mètres quarante de haut, perpendiculaire au mur, profonde de cinquante centimètres. Elle nous nargue de sa difficulté… et nous en dessous, même si nous avons réussi la veille, et l'avant-veille et tous les jours qui les ont précédés, on trouille un peu de ne pas pouvoir la franchir…

En soi ce n'est pas bien compliqué comme manœuvre. Deux temps ! Trois mouvements !

D'abord on s'y suspend puis par une traction on y hisse le haut du corps et on y dépose les coudes... c'est le premier temps.

Ensuite on ramène les coudes l'un vers l'autre pour que les hanches se retrouvent à hauteur de la planche... deuxième temps.

Puis on se jette doucement vers l'arrière et on se laisse tomber au sol sur ses deux jambes.

C'est rien ! En apparence c'est rien ! Mais, et je l'affirme sans honte, pendant tous ces jours où je suis parti au feu, sur des accidents, des suicides, des bagarres, des fuites d'eau je n'ai eu les foies que devant ce foutu bout de bois fixé au mur du gymnase. J'avais la trouille de ne pas réussir et d'être montré du doigt comme l'incapable de service... Bon Dieu ! Elle ne me manque pas, cette saloperie.

Il y a deux catégories d'individus chez les pompiers. Ceux qui montent la planche aux poignets et les autres... autant l'avouer tout de suite, je suis membre permanent de la grande majorité des autres. Ce n'est pas que ce soit là une position infamante, non ! mais enfin ça vous rappelle juste que vous ne faites pas partie de l'élite physique de la brigade et qu'on ne comptera jamais sur vous pour les inter casernes.

D'abord on ne l'agrippe pas, la planche, mais on y dépose ses mains à plat. Puis on effectue la traction qui va hisser vos épaules au-dessus de la planche... et là on effectue une translation musculaire que je n'ai jamais réussi à réaliser malgré tous mes efforts pour passer d'un mouvement de traction à un mouvement de propulsion... ceux qui y arrivent, et ils sont peu nombreux, montent la planche avec une grande souplesse et une grande élégance. Le mouvement s'enchaîne sans heurts et le corps franchit cette planche comme une ride sur l'eau recouvre un caillou qui affleure.

À la brigade on regarde les quelques rares qui pratiquent la planche aux poignets comme des êtres supérieurs... il faut comprendre aussi que nous sommes très attachés aux prouesses physiques. Mais attention, ce n'est pas la force brute que l'on vante chez nous, non, non... c'est la souplesse et la technique du gymnaste que nous louons. Et franchir la planche aux poignets c'est exprimer une maîtrise parfaite des muscles du corps, un geste rêche et sans intérêt qui devient facile et aérien... c'est être le pompier parfait.

On en rêve tous de cet exploit et on s'y entraîne le soir entre le sport d'après l'appel de dix-sept heures trente et le dîner. Et chaque soir on dépose nos mains sur la planche et on se hisse jusqu'à hauteur d'épaule sans jamais trouver le moyen de franchir cette barrière fatidique. J'ai essayé pendant près de dix mois de trouver le truc. Et pendant près de dix mois, chaque jour, je me suis retrouvé le nez sur la planche, les mains à droite et à gauche du visage, tendu dans l'effort, l'esprit concentré, cherchant désespérément à m'élever au-dessus de cette foutue bon Dieu de planche à la noix sans jamais y parvenir.

Alex par contre franchissait la planche avec les poignets sans le moindre effort apparent.

– Mais comment tu fais, bordel. Qu'est-ce que tu fais quand t'as monté les épaules au-dessus de la planche pour passer de la traction à la poussée ?

– Ben je ne sais pas… je le fais et c'est tout.

– Merci… ça m'aide beaucoup…

– Qu'est-ce que tu veux que je te dise, Grand ? Ça ne s'explique pas, le talent.

– Ah c'est malin.

Donc la capitaine nous avait tous envoyés à la planche alors que nous n'avions pas encore déjeuné. Sans doute voulait-elle nous signifier qu'en tant que commandant de la caserne, elle avait le droit absolu de changer à sa guise les grandes et petites habitudes qui rythmaient nos journées. Sans doute aussi pour asseoir son emprise sur nos têtes en s'octroyant le pouvoir de nous juger un à un sur nos qualités physiques.

Et elle ne s'est pas privée de nous retourner le couteau dans la plaie, la capitaine. À quasiment chacun d'entre nous elle a fait une remarque sur notre manière de monter la planche. Pour l'un c'était trop mou, pour l'autre pas assez énergique, le suivant devait cesser de gesticuler comme un asticot… rien ne trouvait grâce à ses yeux. Même Alex, malgré ses poignets, eut sa dose de réflexions. Si sur le fond ses remarques étaient justifiées, sur le principe je trouvais qu'elle faisait fausse route. Comment voulait-elle gagner notre confiance en nous titillant dans ce qui nous était le plus cher ?

Et puis Malavoie s'est présenté devant la planche. On voyait bien qu'il était sur le point d'exploser, que la rage l'étouffait. Ça lui faisait mal de passer la planche devant l'œil critique de la capitaine. Il s'est jeté sur la planche avec violence, comme s'il voulait se débarrasser de cette corvée au plus vite. Mais on ne passe pas la planche avec colère et brusquerie… c'est un exercice trop complexe pour supporter l'à-peu-près. Et quand Malavoie a voulu ramener les coudes vers sa poitrine pour finir le mouvement, il a glissé et s'est rétamé. Sans la présence obligatoire des deux sapeurs à droite et à gauche de la planche, il aurait pu se faire très mal.

– Je vois que vous montez la planche comme vous conduisez l'échelle, Malavoie... Vous avez besoin d'entraînement... enfin, vous connaissez la sanction. Quand on échoue à la planche on ne décale pas... Blain, vous me remplacerez Malavoie par un conducteur apte s'il vous plaît.

Malavoie ne pouvait pas répondre mais cela ne l'a pas empêché de marmonner une phrase dont le sens global n'échappa à personne même si aucun d'entre nous ne put l'entendre en son entier. Il s'agissait de gonzesse et d'envie de chier, de planche et de grande gueule...

La capitaine s'est alors approchée de la planche et l'a montée aux poignets. Jamais je n'avais vu quelqu'un monter la planche avec autant d'aisance et de puissance. Elle s'est élevée d'une lente traction, sans à-coups, les jambes serrées l'une contre l'autre, a passé ses épaules au-dessus de la planche dans le même mouvement et s'est retrouvée en position finale sans que son corps ait donné le moindre signe d'effort.

Elle est redescendue d'une poussée et s'est plantée devant nous.

– Il y a du travail, messieurs. Beaucoup de travail... mais avant de s'y mettre, vous avez des corvées à faire. Exécution.

10

Quand on a vu débarquer la capitaine avec Blain et Rabier on a tous été surpris. Déjà parce que ce n'était pas l'usage... les gradés ne vérifient jamais si les corvées ont été correctement exécutées. Ils nous font confiance et savent que sans être des femmes de ménage on est sérieux parce que l'on ne tient pas à vivre dans une porcherie. Mais là elle regardait à droite et à gauche avec minutie. S'assurant que tout était bien propre et astiqué comme le règlement le stipulait. Elle cherchait le grain de poussière, la couverture mal pliée. Ce n'était pas très adroit comme manœuvre, surtout après l'épisode de la planche, et d'être accompagnée de Rabier l'était encore moins. Pas tellement chez nous, parce que Rabier n'était pas notre ennemi, mais dans le local conducteur là c'était autre chose. Ils n'avaient pas oublié l'échauffourée de la semaine passée les conducteurs, et depuis Rabier était devenu leur ennemi *number one* ! La crapule. Le fumier.

C'est la Gentiane qui nous a raconté toute la scène. On était dans la salle à manger, après le dîner. Il y avait Alex et moi, Tirpitz et deux autres conducteurs. On buvait une bière et la Gentiane une bière Suze :

– C'est pas un commode, Malavoie... je te l'ai vu plus d'une fois envoyer chier Blain très loin et très fort... Avec des mots, des expressions qu'il n'y a que lui qui ose les dire. Les grades ça ne lui fait pas peur quand il pense avoir raison... et comme il n'a jamais tort... Même une fois, vous étiez pas encore de la brigade, il a pourri l'ancien commandant de la caserne... Lachaume qu'il s'appelait. Il lui beuglait tous les noms d'oiseaux de la terre dans les oreilles. C'est tout juste s'il ne lui a pas botté le cul pour le sortir du local. C'est pour dire qu'on ne le fait pas taire facilement, le Malavoie. Donc la capitaine arrive, elle pousse la porte, entre, avec Blain et Rabier derrière. Malavoie y fait ni une ni deux... le v'là à l'attaque. Il lui saute au rable. Tac ! Recta comme une balle de ping-pong !

« – Qu'est-ce que tu fous là, toi !?, qu'il balance d'une traite. Tu sais pas que le local est réservé aux seuls conducteurs ?

« Blain, quand il entend ça, il se met à gueuler.

« – Nom de Dieu, Malavoie, depuis quand te permets-tu de tutoyer un officier !

« – Laissez, Blain, laissez… je suis assez grande pour m'en occuper.

« La capitaine était devenue toute blanche d'un coup. Je te jure, on aurait dit une endive. On n'y voyait même plus les lèvres tellement qu'elle était en colère.

« – Oh pardon, mon capitaine, je ne vous avais pas vue. Je parlais à l'autre là… la demoiselle des postes.

« Et du menton il désigne Rabier.

« – Pardon ?

« – Ben oui, votre secrétaire… Rabier, quoi. Son boulot c'est bien d'ouvrir le courrier et de répondre au téléphone… non ?

« Rabier, il était prêt à sauter à la gorge de Malavoie mais la capitaine ne lui en a pas laissé le temps.

« – Je ne crois vraiment pas que vous soyez en position de vous faire remarquer, sapeur Malavoie. Ou alors tenez-vous vraiment à ce que l'on parle de votre accident de ce matin ? Ou de votre échec à la planche ? À moins que vous ne préféreriez que nous parlions sérieusement de la fausse alerte de ce matin ?

« – Je ne…

« La capitaine, alors, elle a bondi jusque sous le nez de Malavoie. Aussi rapide que si elle voulait lui coller une claque.

« – Je ne vous ai pas autorisé à parler, sapeur Malavoie ! Et j'exige le garde-à-vous quand je pénètre dans une pièce ! C'est compris ! Adjudant Blain, bon sang ! Mettez-moi tout ce petit monde au garde-à-vous !

« Malavoie a fait mine de prononcer une parole.

« – Allez-y, Malavoie. Ouvrez votre grande bouche ne serait-ce qu'une demi-seconde et je vous jure que je vais me faire le plaisir de me payer votre matricule ! Avec vos exploits de ce matin et votre comportement en général, je suis certaine d'obtenir votre tête sur un plateau... et si j'osais utiliser une image olé olé, j'ajouterai que je suis certaine d'obtenir les oreilles et la queue en prime. Vous faites le mariole depuis bien trop longtemps, Malavoie, pour ne pas être devenu le prototype de l'exemple. Et pour reprendre en main une caserne frondeuse, rien ne vaut un exemple bien saignant. Ne vous trompez pas, Malavoie ! À mes yeux vous n'êtes rien... si ce n'est un chauffeur médiocre et un pompier qui ne peut pas décaler pour cause de condition physique défectueuse... un mot de ma part au commandant de groupement, un seul, et vous vous retrouvez assis sur une chaise en face d'une machine à écrire pour le restant de votre temps sous les drapeaux. Rappelez-vous une chose, Malavoie : je n'ai pas besoin de vous pour vivre. Vous par contre, vous dépendez entièrement de mon humeur. Si demain l'envie me prenait de me débarrasser de vous, il suffirait que j'en exprime le souhait pour que vous disparaissiez de mon univers. Gardez bien cela en mémoire, Malavoie... ça vous évitera de faire des bêtises.

« Oh, vous auriez vu ça ! Le Malavoie, il était soufflé ! Elle lui avait coupé net le kiki, la capitaine ! En trois coups les gros, elle te l'avait renvoyé dans ses vingt-deux. Nous on regardait ça comme un combat de boxe... elle lui sifflait dessus comme une guillotine et lui il tendait le cou. De toute façon qu'est-ce qu'il pouvait répondre ? Hein ! ? Elle avait pas tort pour l'accident et la planche. Un autre que Malavoie aurait été saqué pour ça.

« Nous on croyait qu'elle en avait terminé... maintenant qu'elle l'avait mis à mort, on pensait qu'elle allait nous laisser tranquilles mais balle peau mon gars. Elle remonte dans le local, en passant devant chacun d'entre nous. Elle nous matait les uns après les autres du haut jusqu'en bas en faisant tssk, tsssk, tsssk avec la bouche. Je te jure, j'avais l'impression d'être un bestiau au marché agricole. À la fin elle sort des gants blancs de sa poche.

«– Bon ! On la fait cette petite inspection ! ?

« Oh la salope de pourrite de bonne femme à la con… elle nous a fait ce que personne avait jamais osé nous faire. Le local elle te l'a ausculté à la loupe, mon pote ! À la loupe ! Elle s'approchait d'un endroit et nous disait :

«– C'est propre ici ! ? C'est propre ?

«– Ben oui…

«– Eh bien voyons cela.

« Et cette morue y frottait un doigt puis le regardait… et va frotter un seul endroit du local avec un gant blanc, bordel !!! Forcément qu'il sera plein de graisse et de poussière… c'est un local conducteur, notre local, pas un salon du XVIe. Merde !

«– Et donc voilà ce que vous appelez propre, messieurs ! ?

« Qu'elle nous disait en nous montrant son doigt tout dégueu.

«– Curieuse conception de l'hygiène… remarquez, cela ne devrait pas m'étonner quand je constate votre non moins curieuse conception de la conduite… dix-sept accidents l'année dernière, douze depuis le début de l'année… je crois qu'il va falloir reprendre tout cela en main. N'est-ce pas, adjudant Blain ?

«– Bien sûr, mon capitaine.

«– En attendant de vous remettre au volant, j'aimerais que cet endroit soit convenablement nettoyé. Malavoie, je vous confie cette mission... je pense que vous serez capable de la réussir celle-là. Essayez de ne pas me décevoir.

« On était tous sur le cul... je te le jure, hein ! Je n'aime pas le reconnaître mais on était humiliés. Je sais pas, moi, mais on se sentait comme des gamins. »

– Et Malavoie n'a rien dit.

– Rien... muet comme une carpe.

– Tu déconnes !!!!

– Parole, mon pote. Il s'est mis au ménage.

– Ah ben ça, si on m'avait dit...

– Il n'y a pas de doute, il a vieilli.

– Et encore c'est pas le pire... non. Le pire c'est quand elle est tombée sur le musée des horreurs.

Le musée de Malavoie se trouvait au fond du local, dans une armoire métallique grise à étagères que l'on ouvrait avec une grosse poignée noire. Une bonne douzaine de bocaux avec des morceaux humains qui flottaient dans un formol glauque et jaune.

– Je te jure, elle devait être au courant parce qu'elle a foncé dessus sans une hésitation.

– C'est Rabier... pour sûr c'est Rabier qu'a dû lui dire. C'te fiotte est tout au service de la capitaine. T'as pas remarqué à la planche... elle lui a rien dit à lui...

– T'as raison, ça doit être cette enflure de fumier. Quand elle a ouvert elle a pas sursauté... preuve qu'elle savait à quoi s'attendre.

« – J'espère que vous avez une bonne explication pour ceci, sapeur Malavoie.

« – Prise de guerre, mon capitaine...

« – Votre humour noir me laisse insensible, Malavoie. Je ne goûte pas ce genre de trophées. Je trouve même qu'ils relèvent d'un manque de dignité humaine pour les victimes. Débarrassez-moi de cela au plus vite. »

– Quoi !!! Le musée !!! Elle veut le fermer ? Mais elle est dingue, cette bonne femme.

À ce moment-là on a entendu une voix derrière nous.

– Je vous l'avais bien dit, bande de tordus.

C'était Malavoie.

– Je vous avais prévenus qu'une femme dans une caserne c'était le boxon assuré. Mais personne n'a voulu me croire. « Tu t'affoles, Malavoie » que vous m'avez dit ! « Une femme, c'est comme un homme... » ah, misère...

Nous on regardait nos pompes sans rien dire. On ne pouvait qu'être d'accord. La capitaine Métrono c'était vraiment une plaie. Parce que après les corvées où elle nous en avait fait baver, elle a continué sur sa lancée en nous imposant une opération caméléon.

L'opération caméléon c'est la spécialité de Villeneuve-Saint-Georges... un truc qu'on ne refait plus jamais normalement. Alors oser nous lancer ça à la face, c'était vraiment de l'insulte.

C'est assez simple comme exercice. On nous réunit dans la cour en tenue de gymnastique puis on nous dit : Vous avez une minute trente pour vous mettre en tenue de feu. Top, c'est parti.

Et là, il faut cavaler jusque dans sa chambre, ouvrir son placard, sortir ses affaires, se changer, s'habiller, cavaler à nouveau jusque dans la cour, et quand on arrive on s'entend dire : Une minute quarante, messieurs, on recommence. Une minute trente pour être en tenue de sortie. Top, c'est parti.

Et hop on repart dans la course folle ! Les escaliers, la chambre, le placard, les affaires en vrac ! La rampe pour descendre les six étages et l'arrivée dans la cour. Déjà on a le souffle court, la poitrine qui se sent à l'étroit, les jambes qui chauffent. Mais on n'est pas dans les temps... loin de là même.

« En tenue de travail, messieurs ! Top, c'est parti... » La cavalcade qui repart, valse et tambour, les marches quatre à quatre, les affaires qui volent... Et comme ça quatre, cinq, six changements de tenue... jusqu'à l'épuisement... Et la capitaine qui braille :

– C'est lent, messieurs... que c'est lent ! La maison brûle et vous traînassez...

Puis finalement elle met un terme au supplice... mais c'est pour en rajouter un autre.

– Il y a du travail à faire, messieurs ! De la condition physique à retrouver... on va s'en occuper. Ne vous en faites pas. En attendant on va aller voir un peu comment vos armoires sont rangées.

Quand on entend ça, on n'ose pas y croire. Elle ne va pas nous faire ce coup-là ! ? Pas taper aussi bas ! ? Mais si ! Et ça la fait jouir en plus de nous traîner plus bas que terre ! Ça l'amuse énormément, la capitaine, de se foutre de nous et de nous montrer qu'elle est la plus forte et que nous avons juste le droit de la boucler et de lui obéir. Et devant les armoires en bordel elle se régale encore, la fumière.

– Décidément, Malavoie, tout dans votre existence est à l'image de votre conduite... ni fait ni à faire !

11

Après l'appel du soir, alors que nous nous apprêtions, Alex et moi, à nous changer pour quitter la caserne, Malavoie est venu nous voir. Il voulait nous parler.

– Mais pas ici... il y a des oreilles un peu trop curieuses dans nos murs.

– Ma grand-mère m'attend pour dîner... alors pas trop longtemps.

– Qui est-ce qui te parle de ça, Alex... On boit un verre, on cause et c'est tout. Au maximum on en a pour une heure.

– Ouais... je les connais tes heures, parfois elles durent toute la nuit. En tout cas je vous le dit, un verre et c'est tout. J'ai promis à ma grand-mère.

– Mais ça va ! On a compris pour ta vieille... arrête de nous faire chier avec... et puis tu n'es pas obligé de venir...

– Toi tu es en train de devenir invivable, mon

gros. On ne peut plus rien te dire sans que tu montes sur tes grands chevaux.

– OK, OK, je te présente mes excuses, Alex. Mais tu dois me comprendre. La caserne part à vau-l'eau et j'ai l'impression d'être le seul à vouloir faire quelque chose.

– C'est pour nous parler de la capitaine que tu veux qu'on aille boire un verre ?

– Ben oui…

– Oh lâche-moi un peu avec elle, tu veux ! Moi je m'en fous que ce soit un homme ou une femme le capitaine, du moment qu'il ou elle donne de bons ordres.

– Justement !!! Tu ne vas pas me dire que ce qu'elle nous fait subir depuis deux jours est juste et bon. C'est de l'hystérie féminine !!! Comme toutes les bonnes femmes elle confond avoir de l'autorité et faire chier son monde ! Honnêtement, m'interdire de décaler.

– Eh bien quoi ?

– Eh bien quoi, quoi ! ?

– Il n'y a rien d'étrange à ce que tu sois interdit d'intervention. C'est la règle… c'est même la tradition, mon petit père. Celui qui ne monte pas la planche reste en caserne. Et c'est ainsi depuis que la brigade existe. Alors ne viens pas me la jouer au prétexte que c'est une femme qui te sanctionne.

– Et les corvées alors… et l'opération caméléon ?

– Elle marque son territoire… rappelle-toi, quand le capitaine est arrivé il y a deux ans, comme il nous a fait chier avec la corde lisse… Tous les nouveaux capitaines en passent par là… nous-mêmes comment nous comportons-nous avec les bleus quand ils arrivent ! ? Et puis, pour être tout à fait franc entre nous, je préfère dix fois une capitaine sévère qu'un pompier qui fait de fausses alertes.

– Qu'est-ce que tu veux dire par là ! ? Tu m'accuses ! ?

– Je n'accuse personne… je dis simplement ce que je pense. Une caserne dans laquelle il y a des mecs qui font des fausses alertes est une caserne pourrie… À la place de la capitaine, moi, je serais bien pire.

Malavoie s'est levé et nous a regardés outragé. La tête en arrière et le bras droit relevé et plié devant sa poitrine.

– Ça va, j'ai compris… je n'ai pas besoin de vous autres après tout. C'est une affaire entre elle et moi.

Et il est sorti en claquant la porte.

– Il faut qu'on fasse quelque chose, Grand ou ça va mal finir… personne n'en sortira indemne.

J'étais bien d'accord avec Alex. Mais que pouvais-je faire ? Dénoncer Malavoie à la capitaine ? Jamais ! Plutôt crever.

Le forcer à se dénoncer ? Non plus… c'était à lui, et à lui seul, de prendre une pareille décision. Et elle était lourde de conséquences pour son avenir dans la brigade. Il ne faisait aucun doute qu'il serait immédiatement mis à pied puis, s'il avait de la chance et que l'on tenait compte de ses états de service, il serait démissionné, mais il pouvait tout aussi bien être chassé pour faute grave. Et là, macache pour retrouver un poste chez les professionnels. Il ne lui resterait plus qu'à être gardien de nuit ou pompier d'opérette dans une grande surface. Et personne ne voulait finir dans une grande surface.

Alex semblait pensif. Il se tenait debout, les bras croisés. Sa lèvre inférieure recouvrait totalement sa lèvre supérieure, ce qui, chez lui, était signe d'une intense réflexion.

– Je suis inquiet, Grand. Tout ça risque de mal finir… je le connais bien, Malavoie, et pour garder son autorité morale sur les autres il est capable de tout.

– Tu ne crois pas que tu exagères un peu… ça lui passera avant que ça nous reprenne.

– Sais-tu pourquoi les conducteurs sont des types à part dans la brigade ?

– Heu… en fait non.

– Parce qu'ils sont première classe.

– Je ne vois pas le rapport.

– Si tu veux faire de vieux os à la brigade, c'est-à-dire pouvoir rempiler après tes cinq ans, tu as intérêt à être devenu au minimum caporal-chef. Sans galons tu n'as aucune chance de voir ton contrat renouvelé… Les seuls qui ne sont pas soumis à cette obligation sont les conducteurs. Eux, ils restent première classe pendant dix, quinze ans. Cela leur permet d'être copains avec des sergents, des adjudants. Ils ne sont plus tout à fait des hommes du rang ni tout à fait des gradés… ils sont au milieu. Et cette place leur confère un grand pouvoir. Ils sont au courant des revendications de la base et ont l'oreille de la hiérarchie. D'une certaine manière on pourrait dire que ce sont les syndicalistes de la brigade. Alors je te dis que si les conducteurs ont décidé que la capitaine ne s'installerait pas à la caserne, ils vont pourrir la situation jusqu'à ce que ça pète.

– Et qu'est-ce qu'on peut faire ?

– Il faut trouver le moyen de convaincre Malavoie que la capitaine est un bon pompier.

– Mais comment ?

– On va réunir les copains pour y réfléchir.

12

Deux jours plus tard on a été appelés par un particulier pour une odeur de brûlé. Rue de Seine… dans un de ces vieux immeubles des siècles d'il y a longtemps tout en pierre et madrier de chêne. De jolis appartements, avec les poutres au plafond, les parquets de guingois et des angles de murs qui ne sont plus droits depuis bien longtemps. La faute au bois qui se gonfle d'humidité, qui joue dans la chaleur, qui se courbe sous le froid… Enfin, ça donne du charme et ça augmente le prix des loyers.

Donc on arrive dans un appartement, au troisième étage, avec le sergent et la capitaine qui avait décidé de sortir le plus possible avec nous pour mieux apprécier nos compétences.

Le gars qui nous avait appelés, plutôt jeune, nous accueille avec une mine songeuse. Il avait hésité longtemps avant de nous alerter… parce que, comme il disait, nous déranger pour une simple odeur de brûlé ça le mettait mal à l'aise. Mais que ça durait depuis presque une semaine et qu'il était inquiet. Nous on lui répond qu'au contraire, qu'il a eu mille fois raison, qu'on est là pour ça et qu'il vaut toujours mieux prévenir que guérir. Je dois bien avouer qu'on en rajoutait un peu rapport à la capitaine dans notre dos.

On se met donc à tourner dans l'appartement le nez en l'air en humant les odeurs. Et, pour dire vrai, ça sentait drôlement fort le cramé dans sa casbah.

– Je suis vraiment embêté parce que j'ai fouillé partout sans trouver l'origine de l'odeur. J'ai ouvert tous les placards, toutes les armoires… j'en ai même déplacé… hélas sans succès.

On a fouillé avec lui, on a regardé partout, sans rien trouver. L'odeur avait la même intensité partout… comme si le feu, si feu il y avait, n'était pas localisé en un endroit mais partout dans les murs, le plafond, le plancher. On était drôlement embêtés de ne rien trouver parce que vraiment l'odeur était forte… Il devait forcément y avoir quelque chose.

Finalement, au bout d'une heure peut-être le sergent a donné l'ordre de cesser les recherches. La capitaine l'a approuvé par son silence.

On est redescendus dans l'engin et on a raconté notre aventure à Malavoie qui avait fini de purger sa peine et était de nouveau un conducteur à part entière.

– Vous êtes allés voir dans les autres appartements si ça sentait aussi ?

Nous n'y avions pas pensé et le sergent nous a engueulés comme du poisson pourri. Qu'on était vraiment des crétins sans cervelle et que s'il n'était pas là pour tout faire, on ne ferait jamais rien. Nous, on le trouvait gonflé mais on ne mouftait pas. Après tout, on comprenait que la réflexion de Malavoie le mettait mal devant la capitaine… et on se disait aussi que la capitaine aurait pu elle aussi penser à la chose.

On allait remonter dans l'appartement quand Malavoie a dit :

– Essayez de savoir si on n'a pas fait des travaux dans l'immeuble récemment. Du genre plomberie ou chauffage… enfin des travaux sur des tuyaux.

– Pourquoi ça, Malavoie ?

– Parce que j'ai près de dix ans de service, capitaine et que je crois bien qu'on est en face d'une combustion lente.

– Une combustion lente ?

– Demandez-leur, capitaine et vous verrez.

On est retournés dans l'immeuble et on est allés voir tous les habitants. L'odeur était la même dans chacun des appartements que l'on visitait. Au quatrième une femme nous a dit qu'effectivement un de ses amis qui s'y connaissait en plomberie était venu faire des travaux dans sa salle de bains.

– Pouvez-vous me montrer l'endroit où il a fait les travaux madame?

– Mais je vous en prie, suivez-moi... mais vous commencez à m'inquiéter, messieurs. Vous avez beau me dire que ce n'est rien... quand on voit autant de pompiers chez soi, généralement ça veut dire que quelque chose ne va pas.

– Nous essayons simplement de déterminer l'origine de cette odeur de brûlé, madame.

– Ce serait bien en effet... à la longue cela devient entêtant. Mon mari dit que ça lui donne mal à la tête.

C'était une grande salle de bains avec une fenêtre qui donnait sur la cour de l'immeuble.

–Voilà c'est ici... et c'est par là qu'il a travaillé. Ne me demandez pas ce qu'il a fait, je n'y comprends rien et n'y veux rien comprendre.

– Une seule chose, madame, savez-vous s'il a soudé des tuyaux?

– Ah ça oui! Il faisait une chaleur de gueux dans cette salle de bains. Tout l'après-midi il a manié son chalumeau. Il en était très fier... il venait de l'acheter et il était vraiment comme un gamin avec son jouet.

La capitaine s'est accroupie près de l'endroit où les travaux avaient été faits. Elle a posé sa main sur le tuyau.

– Venez toucher, sergent.

Le sergent s'est accroupi à son tour. Nous on les regardait comme les bons sauvages devaient regarder le missionnaire lorsqu'il décidait de mettre en marche son gramophone. Pleins de respect et de crainte.

– C'est chaud.

– Voilà la raison de l'odeur de brûlé. Malavoie avait raison.

– C'est quoi la combustion lente, chef, ai-je demandé.

– Le cuivre comme le plomb sont d'excellents conducteurs. Et quand on soude un tuyau, il faut se méfier de ne pas en toucher une extrémité au prétexte qu'elle se trouve un mètre plus loin... Le bout du tuyau est aussi chaud que l'endroit où vous soudez. Le gars là... le copain de la dame, c'est un amateur. Et en plus il avait un nouveau chalumeau. Il a dû sursouder tout ça pour se donner bonne conscience et pour pouvoir jouer avec sérieux et application... Résultat : la chaleur est remontée tout le long des tuyaux. Et à côté de chaque tuyau vous avez une poutre sèche de plus de cent ans... vous voyez le tableau : la chaleur qui court le long des tuyaux et qui, je ne sais où, trouve un endroit où il devait y avoir de la poussière, des copeaux, des fils apportés par des souris... enfin que sais-je, des trucs comme ça, quoi. Tout ce petit bazar s'est enflammé et a attaqué la poutre... oh pas de grosses flammes, non. Juste de la chaleur et des braises. La combustion lente ! Et depuis elle a doucement mais sûrement fait son travail. Il va falloir ouvrir les murs pour voir l'état des poutres.

– Vous voulez dire qu'on va exploser les murs juste pour voir si Malavoie a raison ou tort !?

– Je crains, hélas, qu'il n'ait raison.

Le sergent a commencé à taper avec le pied-de-biche à la hauteur où le tuyau disparaissait dans le mur. Le plâtre volait en petits éclats qui rebondissaient sur le sol carrelé rouge et blanc de la salle de bains. En quelques coups il est arrivé à la poutre. Elle était noire et s'effritait en poussière charbonneuse dès que l'on appuyait dessus. Nous n'avions plus besoin d'explications, nous avions compris.

La femme derrière nous s'inquiétait pour son mur et pour sa salle de bains.

– Vous remettrez tout en ordre, hein ?

– Là, ma petite dame, je crains que ce ne soit plus de notre ressort.

– Que voulez-vous dire ?

Nous ne savions pas très bien ce qu'il fallait faire même si on commençait à s'en douter. La capitaine a demandé que l'on appelle Champerret. Le PC nous a répondu de ne toucher à rien et qu'un colonel arrivait.

Une demi-heure plus tard il expliquait l'inacceptable à la pauvre dame.

– On va faire venir un entrepreneur pour qu'il démolisse tout ça.

– Hein ! ? Démolir ! ? Mais vous n'y pensez pas, je viens de la refaire…

– Madame, laissez-moi vous expliquer. Lors des travaux de soudure dans votre salle de bains, les poutres qui forment la structure de l'immeuble ont été chauffées au point d'entrer en combustion. Et depuis elles se consument. Il ne nous est pas possible de vous dire à quel point votre immeuble est touché mais ce que je peux vous affirmer c'est que si nous ne faisons rien, dans quelque temps… de l'ordre de quelques semaines, d'un mois au plus… l'immeuble va s'écrouler car tout son squelette aura été dévoré par les braises.

La bonne femme, elle pleurait, parce qu'elle se rendait compte que c'était vrai ce que lui racontait le colonel.

Quand on est redescendus le colonel a félicité la capitaine pour avoir détecté le sinistre.

D'après lui ce n'était pas évident à diagnostiquer.

– Ce n'est pas moi qu'il faut féliciter, mon colonel. Mais le sapeur Malavoie.

Dans son engin Malavoie feignait de ne rien entendre mais on voyait bien dans son regard qu'il jubilait. Voyez, qu'il semblait dire, ce que c'est qu'une femme aux commandes ! Sans moi on repartait sans avoir rien remarqué…

Trois jours plus tard avec Alex on est revenus voir l'immeuble. Sur une hauteur de trois étages et pratiquement les trois quarts de la largeur, la façade avait été totalement abattue. Par chance pour les habitants le feu n'avait attaqué que les poutres de façade.

– Tu sais à quoi je pense en regardant ça ?

– Non, à quoi ?

– À la caserne… ça crame mais on ne voit rien. Et si personne n'agit dans les jours à venir, cela risque de s'écrouler et de faire des victimes.

13

J'ai laissé Alex à hauteur de la station de métro et je m'apprêtais à aller faire un tour à La Rhumerie quand je l'ai vue dans le bar qui faisait l'angle de la rue de Rennes et du Vieux-Colombier.

Elle était assise et lisait un livre devant une bière. Au début j'ai cru à une drôle de coïncidence, puis, à la manière qu'elle a eue de sourire en me regardant à son tour, j'ai cru qu'elle était là pour moi. Je n'en revenais pas mais j'étais flatté et pour tout dire heureux de la rencontrer dans un endroit normal qui allait me permettre de me rattraper.

Je suis entré dans le bar et je suis venu m'asseoir en face d'elle.

– Bonjour. Pour commencer je voulais vous présenter mes excuses.

– Ah oui ? Et pourquoi ?

– Parce que la dernière fois j'étais tellement troublé que j'ai oublié de vous demander votre prénom, parce que je ne vous ai pas donné le mien et parce que je me suis comporté comme un crétin… Mais vous devez me pardonner. La danse, le parking, la situation… enfin je ne savais pas quoi faire.

– C'est vrai que vous n'êtes pas très doué comme gigolo ?

– Ouais, c'est vrai. Mais entre nous vous ne valez pas mieux comme cliente…

Elle a souri.

– C'était ma première fois.

Je la regardais et découvrais qu'elle était plus jolie que je n'en avais le souvenir. De grands yeux clairs en amandes dans un visage en triangle. Un nez petit et droit, légèrement pointu, au-dessus d'une grande bouche aux lèvres fines. De toutes petites rides commençaient à marquer le pourtour de cette bouche à la fois retenue et gourmande. Elle portait un collier en or au bout duquel était enchâssée une émeraude.

– Et vous, êtes-vous déjà allé avec une prostituée ?

– Jamais… enfin pas tout à fait.

– Qu'est-ce que ça veut dire pas tout à fait ? Ou vous y êtes allé ou vous n'y êtes pas allé ?

Pendant une seconde j'ai eu envie de lui mentir, puis je me suis dit que j'avais pour la première fois de ma vie la possibilité de parler sans fard et sans frein à une femme. La drôle d'histoire qui nous liait nous permettait de tout dire sans risque de choquer l'autre, de tout entendre sans jamais porter de jugement.

– J'avais un copain dans le temps qui vivait à Boulogne, à côté du Bois. Il habitait un petit appartement de deux pièces. Une chambre et un salon dans lequel il réparait ses mobylettes. Son grand truc à lui c'était de dire que lorsque l'on va à Aix on mange des calissons, à Montélimar du nougat... Eh bien quand on va à Boulogne on se tape la spécialité locale : la pipe au Bois. Et il m'a offert une pipe...

– Ah. Et c'est comment de se faire faire une pipe au Bois ?

– Excitant et désespérant à la fois. Excitant de voir une femme que l'on ne connaît pas vous donner un plaisir aussi intime et désespérant de se dire qu'elle ne le fait ni par envie, ni par passion mais uniquement parce qu'elle y est forcée par un mac... Ce jour-là je me suis promis de ne jamais plus aller voir une pute.

– Mais alors pourquoi étiez-vous prêt à en devenir une ?

– Ah non... là ce n'était pas pareil.

– Où est la différence ? Vous étiez prêt, pour de l'argent, à coucher avec moi que vous ne connaissiez pas. Et même si je ne suis pas trop laide, je me doute que, vu votre âge, je ne suis pas le genre de femme vers laquelle vous iriez naturellement. Donc pour moi c'est la même chose. Je suis même convaincue qu'en votre for intérieur vous ne vouliez pas le faire mais que pour ne pas passer pour un dégonflé aux yeux de vos amis, vous avez accepté de relever le défi. Alors où est la différence entre cette femme au bois de Boulogne qui a pris votre sexe dans sa bouche et vous à qui j'aurais demandé de poser la vôtre sur le mien.

– La différence... jamais un homme n'aurait donné deux cents francs s'il ne s'était rien passé.

Elle a pouffé d'un rire gai en mettant sa main devant la bouche.

– Pourquoi êtes-vous venue ?

– Que voulez-vous dire ?

– Eh bien m'attendre là à la sortie de la caserne.

– Oh... non, je n'étais pas là pour vous. Je ne me souvenais pas que vous m'ayez dit que vous vouliez me revoir de toute façon.

– Ah...

– Ne réagissez pas comme une jeune fille vexée, Grand.

– Oui, pardon... je croyais... enfin j'imaginais...

– Que je ne pensais qu'à vous depuis ce jour... non. Mais il m'est arrivé de penser à notre lamentable rencontre et nos balbutiements respectifs et je me disais que si je vous rencontrais à nouveau je vous obligerais à honorer notre marché… après tout je vous ai payé.

Je l'ai regardée en essayant de voir si elle était sérieuse ou si elle se moquait de moi.

– Rassurez-vous, Grand, cela reste du domaine du fantasme pas de la réalité.

J'ai pensé dommage mais n'ai rien dit.

– Pourquoi étiez-vous allée là bas ? Une femme comme vous ça ne doit pas avoir de mal à trouver un homme.

– Et un jeune homme tel que vous ?

– Oh moi… vous l'avez dit, c'était par défi, pour l'expérience.

– Pareil pour moi… c'était un pari.

– Avec une amie ?

– Non, avec mon mari.

– C'est pas possible ?

– Ça vous étonne ?

– Ben oui un peu… je ne pensais pas que vous puissiez être mariée.

– Oui, pour vous seules des veuves ou des divorcées vont dans un endroit de ce genre. En fait vous êtes terriblement vieux jeu, Grand. Sous vos airs de matamore, vous êtes un bourgeois de province très conventionnel.

– Ce n'est pas très gentil ce que vous me dites là.

– Et vous ! Croyez-vous que vous soyez très gentil avec vos idées préconçues sur les femmes ?

– Quelles idées préconçues ?

– Par exemple vous vous dites que si je vais me chercher un gigolo c'est que je suis désespérée alors que vous, parce que vous êtes un homme, c'est comme de manger des nougats. Vous me voyez assise dans ce bar et vous vous dites que je dois vivre seule et abandonnée alors que si j'étais un homme vous ne vous poseriez aucune question sur mon mode de vie. Arrêtez de croire qu'il existe des domaines réservés à un sexe, Grand. Cela n'est pas vrai… il n'y a que des différences de points de vue.

Sous ce flot de paroles j'étais comme un boxeur coincé dans les cordes, incapable de réagir ou de me dégager. J'ai mis un genou à terre.

– C'est bon, c'est bon ! J'admets !

– Vous admettez quoi ?

– Que je suis pétri d'idées préconçues sur les femmes et que le rêve de ma vie c'est de tenir un commerce de nougats à Montélimar.

Elle a ri et ses yeux ont cessé de lancer des éclairs.

– Tiens, justement… vous qui êtes une femme. J'aimerais avoir votre avis sur un problème.

– Vous avez du mal à bander !

– Hein ?

– Je me moque de vous, Grand, je me moque de vous… allez-y, racontez-moi.

Alors je lui ai raconté toute l'histoire. L'arrivée de la capitaine et le refus de Malavoie de se voir dirigé par une femme. Du risque que cela faisait peser sur la caserne tout entière. De l'embarras dans lequel nous étions tous et de mon dilemme personnel : devais-je, par fidélité à une amitié, soutenir Malavoie dans son comportement que je jugeais rétrograde et débile ?

Elle m'a écouté sans un mot puis elle a levé son verre à ma santé.

– Que voulez-vous que je vous dise ? Tout d'abord parce que je suis femme, je suis choquée par le machisme de votre ami et par le trouble que l'arrivée d'une femme peut causer dans un monde masculin... je crois que beaucoup d'hommes n'ont pas encore compris qu'il puisse y avoir des relations hommes-femmes qui soient basées sur autre chose que les codes amoureux. Même si je comprends qu'il soit commode d'utiliser ces codes parce qu'on les connaît bien, il faut vraiment que les hommes évoluent. Dans le monde du travail une femme n'a pas toujours besoin d'être séduite ou conquise. N'a pas besoin d'admirer un homme pour ne pas le mépriser. N'a pas besoin d'une épaule pour la rassurer à chaque décision difficile à prendre. Même si notre sexe influe sur notre façon d'agir, il n'est pas pour autant le seul élément constitutif de notre comportement. Sans doute votre ami se sent-il de plus en plus à l'étroit dans sa peau d'homme dans un monde où les femmes prennent enfin leur place parce qu'elles ne sont plus uniquement des conquêtes possibles mais des individus. Maintenant j'en reviens à ce que je vous disais tout à l'heure. Votre ami devrait cesser de voir des sexes là où il n'y a que des différences de points de vue. Je crois que tout le monde serait d'accord pour dire que ni les pensées ni les actes n'ont de sexe. Donner un ordre n'est ni féminin ni masculin ! L'exécuter non plus d'ailleurs. Il suffit de faire comprendre cela à votre ami pour résoudre votre dilemme… qu'en pensez-vous, Grand ?

Je n'en pensais à vrai dire rien du tout car depuis cinq minutes je trouvais que décidément ses yeux étaient vraiment très beaux, et l'envie de m'acquitter de ma dette me taraudait. J'ai commandé une autre tournée et lui ai répondu que sa théorie méritait d'être approfondie.

14

J'étais au poste de garde et j'avais demandé à Tirpitz, la Gentiane et Alex de m'y rejoindre. Je tenais à leur faire part de la fantastique solution que j'avais au problème Malavoie.

Le poste de garde se trouvait à gauche sous la voûte d'entrée. Une grande fenêtre qui donnait sur la rue l'éclairait. C'était une pièce carrée au plafond haut et dont les murs avaient été peints en vert vingt-cinq ans auparavant... aujourd'hui ils hésitaient entre le pisseux et le désespérant. Dans un des coins de la pièce, un mur de plâtre créait un semblant d'intimité aux lits superposés qui se trouvaient derrière et qui servaient de pucier aux hommes de PS pendant leur nuit de garde. Des couvertures grises et rouges en guise de draps. Le sol était carrelé et, malgré de quotidiennes corvées de nettoyage, portait ses années avec peine... ce n'était pas à proprement parler un endroit confortable et engageant et personne n'y traînait s'il n'y était obligé. C'est pour cette raison que j'avais convoqué les autres dans cet endroit. J'étais à peu près sûr qu'on ne viendrait pas nous y déranger.

Le poste de garde avait un autre intérêt, en cela qu'il permettait de réaliser une plaisanterie simple et efficace qui ne cessait de me mettre en joie. Il fallait attendre un jour de grand soleil et astiquer au Miror une pièce de cinq francs... j'ai toujours adoré le format de cette pièce, parfaitement adapté aux grosses mains des types dans mon genre... survivance des louis ou des sequins qui, dans mon imagination, devaient avoir ce diamètre...

Une fois la pièce brillante comme un sou neuf j'allais la coller à la Super Glu sur le trottoir juste devant la fenêtre. Ensuite, avec les copains, on se posait en faction à notre poste d'observation et on attendait le chaland. Ça ne loupait jamais... un type arrivait et se baissait pour ramasser la pièce. Mais elle lui résistait, alors il insistait en l'attaquant à deux mains puis, invariablement, se relevait et commençait à shooter dedans. C'est à ce moment qu'avec les copains on intervenait :

– Dur labeur que de gagner sa croûte... hein m'sieur?

– Que voulez vous, ça ne pousse pas tout seul l'argent.

Normalement les gens nous souriaient avec un air bête et repartaient gênés de s'être montrés aussi âpres au gain.

Une fois une femme en a cassé son talon à force d'acharnement. Et quand elle nous a vus, elle nous a insultés... qu'on était cons, crétins, bêtes, stupides... enfin c'était de notre faute si elle avait cassé son talon...

Mais cette fois-là nous n'étions pas là pour ça.

J'essayais de répéter aux copains la théorie de Patricia sur les points de vue et les sexes. Mais si la veille tout cela m'avait paru très clair, presque brillant, j'avoue que maintenant je pataugeais dans des explications tarabiscotées. Cela m'arrive souvent. J'entends quelque chose que je trouve intelligent et pertinent, quelque chose avec lequel je suis parfaitement d'accord mais je suis incapable de le répéter. Je peux le penser mais pas le dire... comme si le canal entre mon cerveau et ma bouche était obstrué par des calculs d'incommunicabilité... ces fois-là je me demande si je ne possède pas une intelligence très en dessous de la moyenne. J'avoue que j'ai horreur de ça.

Je cafouillais donc lamentablement entre le sexe et le point de vue. Et plus Alex, Tirpitz et la

Gentiane me regardaient avec leurs gros yeux interrogatifs, plus je m'énervais et m'embrouillais. J'avais beau essayer de me concentrer, ce que je disais n'avait ni queue ni tête. Finalement Tirpitz mit fin à mon supplice.

– Ce que tu veux dire, Grand c'est que, suivant comment on les regarde... suivant le point de vue, quoi... on peut prendre un homme pour une femme. C'est ça ?

– Ben... pas exactement mais pas loin...

– Donc si on arrive à convaincre Malavoie qu'il pourrait regarder la capitaine comme un capitaine, l'affaire serait faite, c'est cela ?

– C'est cela !

– Ouais... c'est pas con comme théorie... curieux mais pas con.

– Pas con, pas con ! C'est vite dit, les gars. Parce que la capitaine si c'est pas un mannequin, elle est quand même roulée comme une gonzesse... enfin que ce soit de dos ou de face et même en tenue de feu, tu vois tout de suite de quel sexe elle est.

– C'est vrai qu'elle est plutôt bien foutue.

– T'as vu sa paire de loches... Pha, pha, pha !!! Ça c'est de la femme.

– T'imagines un peu ce que ça donnerait en tee-shirt.

– M'en parle pas...

– Ah ça oui… mais de gueule par contre elle n'est pas géniale.

– Ça se discute.

– Gueule ou pas gueule, quelle paire de loches !!!

– Ça va être bon cet été quand elle va faire le sport avec nous… imagine un peu…

On imaginait tous très bien et pendant quelques secondes nous nous sommes tus pour ne rien perdre de nos rêves.

– Malavoie a peut-être raison, voyez-vous… quand on commence à fantasmer sur son capitaine c'est que tout fout le camp.

– Moi je ne déteste pas fantasmer sur la capitaine.

– Oh mais toi, la Gentiane, tu fantasmerais sur n'importe quoi.

– Mais pas du tout, gars, pas du tout. Et puis la capitaine c'est pas n'importe quoi. Vous-mêmes vous trouvez qu'elle est gaulée comme l'enfer.

– Ouais…

Tout ça n'arrangeait pas nos affaires. Parce que parti comme c'était parti, jamais nous n'arriverions à convaincre Malavoie de considérer la capitaine comme un mec si nous-mêmes n'étions pas capables de la considérer comme tel.

À ce moment la sirène du PS a retenti. J'ai abandonné les copains pour courir à l'engin. Au moment où nous allions sortir du garage, j'ai vu Tirpitz arriver en courant.

– J'ai trouvé la solution ! Il suffit de l'emmener chez...

Je n'ai hélas pas pu entendre la fin car le conducteur a enclenché le deux tons pour dégager la rue qui était encombrée de véhicules.

15

Pendant toute la durée du trajet je n'ai pas cessé de penser à ce que m'avait crié Tirpitz. Il suffisait d'emmener Malavoie chez... Chez qui ? Chez quoi ? Je n'en avais pas la moindre idée. Et surtout je ne voyais pas en quoi une sortie pouvait l'amener à regarder la capitaine différemment. L'idée, en tout cas, devait être baroque ! Tirpitz n'était pas du genre à se lancer dans le psychologique... Ou alors une psychologie à hauteur de braguette. Mais où donc voulait-il emmener Malavoie ?

Nous sommes arrivés rue Jacob, lieu de l'intervention. C'était un immeuble de pierre de taille avec une cour pavée et des murs couverts de vigne vierge dans laquelle tous les oiseaux du quartier avaient élu domicile. Chaque pas qui résonnait soulevait un concert d'ailes froufroutantes, une symphonie de piaillements, quelques fusées brunes qui filaient au ciel...

Un large escalier de bois et de pierre menait aux étages. En plus de donner sur la cour par l'est, tous les appartements donnaient aussi par le sud sur un grand jardin privé dans lequel les enfants des habitants du rez-de-chaussée jouaient en rentrant de l'école. C'était vraiment un bel endroit dans un beau quartier.

Il y en avait en pagaille des beaux appartements dans notre secteur... avec des pièces immenses, des poutres apparentes, des couloirs si larges et si profonds qu'on avait envie de redevenir môme un instant pour les remonter à vélo... des appartements construits du temps où il y avait des domestiques et où on ne se lavait pas beaucoup... c'est-à-dire des appartements avec des cuisines perdues tout au fond d'un labyrinthe de couloirs sombres et des salles de bains dans des placards... des plafonds plusieurs mètres au-dessus de la tête, des fenêtres grandes comme un homme et larges comme des hanches de femme... des moulures jusque dans les toilettes.

Au milieu de tout cet espace, de ce luxe discret, on était encore plus frappé par la saleté. C'était quelque chose qui m'avait marqué lorsque j'avais fait mes premières sorties : inimaginable à quel point ces appartements bourgeois pouvaient parfois être crasseux. J'ai vu des cuisines aux murs desquelles les mouches restaient collées, des fonds de couloirs transformés en dépotoirs avec des poubelles vieilles de plusieurs semaines, peut-être même de mois... des chambres aux volets fermés qui n'avaient plus senti un souffle du dehors depuis des années. Jamais je n'avais pensé alors qu'un individu pouvait se laisser aller à tant de crasse et de sordide paresse... J'avais déjà vu des endroits crapoteux mais ils étaient le fruit de la misère et de l'abandon. Là nous étions au cœur de ce que Paris avait de plus cher et de plus luxueux. Je n'arrivais pas à comprendre.

Lorsque nous sommes arrivés au troisième étage, un jeune couple se disputait. Elle en robe de chambre mauve, les cheveux ébouriffés de sommeil dans l'embrasure de sa porte ; lui sur le palier en pantalon et pull beiges avec chaussures de daim. Elle l'insultait tandis qu'il l'injuriait. Nous bien sûr on imagine tout de suite une querelle d'amoureux. On pense déjà à se taire, à ne surtout prendre parti ni pour l'un ni pour l'autre et ne faire qu'une seule chose : les empêcher de se mettre des beignes. Mais rapidement on se rend compte qu'il n'en est rien. Qu'ils sont juste voisins. Il habite l'appartement du dessus.

La femme furieuse l'invective :

– Il faut être malade pour aimer ces bêtes-là… totalement dégénéré… de toute façon les hommes qui aiment les serpents ont des problèmes avec leur pénis ! C'est connu ! C'est dans Freud.

– Parce que vous pensez vraiment que les chiens c'est mieux ! ? Vous savez ce qu'on dit des bonnes femmes à clébards ? Hein ? Vous le savez ?

– Mais je m'en fiche, mon pauvre garçon, je m'en fiche comme de colin-tampon ! Un chien c'est un animal domestique normal… un animal qui ne se promène pas dans les canalisations…

– Les femmes à clébards sont mal baisées… voire pas baisées du tout… et elles prennent des chiens mâles pour compenser.

Nous avions beau être des professionnels et parfaitement maîtriser ce genre de situation, nous n'avons pas pu empêcher la femme de flanquer une claque sonore au type. Il l'avait un peu cherché quand même.

Après la claque on s'est interposés. Le sergent a demandé de quoi il s'agissait. C'était une drôle d'histoire. Le type du dessus était un amoureux des serpents et il en élevait plusieurs dans des vivariums. Le matin il avait sorti un de ses pythons pour qu'il se promène un peu. Sans que l'on sache exactement pourquoi, le python avait filé aux toilettes et était tombé dans la cuvette.

Puis, mû sans doute par son instinct, il avait décidé de remonter la canalisation. Combien de temps était-il resté dans les tuyaux? Mystère. En tout cas, il y avait de cela dix minutes, la femme avait décidé d'aller faire un petit pipi dans ses toilettes à elle. Et alors qu'elle était assise à contempler l'affiche vantant les plages de la Martinique qu'elle avait punaisée sur son mur, elle avait senti quelque chose lui chatouiller le frifri! En regardant dans la cuvette elle s'était retrouvée nez à nez avec le python du voisin.

– Un serpent, monsieur! Un ignoble serpent qui menaçait de me violer!

– Oh vous violer! Ne prenez pas vos désirs pour la réalité!

– En plus d'être un malade vous êtes grossier... et vous vous ne dites rien!?

– Comme si un serpent pouvait violer une femme.

– Mais qu'attendez-vous pour faire taire ce dégénéré?

– Bon et où est-il maintenant ce serpent?

– Mais je ne sais pas... et je ne veux pas retourner voir. J'ai fermé la porte et je vous ai appelés.

– Elle ne veut pas que je rentre pour le récupérer. S'il vous plaît dites-lui de se calmer et qu'on en finisse.

– Allons, monsieur, je vous en prie…

– Me calmer, me calmer ! Non mais dans quel état seriez-vous si un serpent avait surgi de vos toilettes alors que vous y étiez !? Hein !? Aux États-Unis je gagnerais un fric fou avec un procès comme ça.

– Mais calme-toi, maman… ne nous fais pas un fromage pour un serpent.

La femme a de nouveau tenté de lui filer une beigne mais cette fois nous étions près et c'est moi qui l'ai prise. Peng ! Juste sur l'oreille.

– Ah mais bravo ! Frappez les pompiers maintenant ! Hystérique ! Malade !

La femme s'est mise à hurler contre le type tout en s'excusant auprès de moi. Ça devenait n'importe quoi. Mon oreille faisait oiiiing, oiiing, oiiing ! Le type nous prenait à témoin.

– Non mais regardez-la, c'est une malade ! Une mal baisée ! Elle m'en veut depuis toujours parce que je ne réponds pas à ses avances. Faites quelque chose, messieurs, empêchez-la de me frapper.

La femme hurlait.

– Te faire des avances, moi !? Je préfère encore me taper ton serpent que de seulement dîner avec toi. Salaud ! Monstre !

– Allons, allons.

Le sergent tentait de les calmer mais ça partait totalement en vrille. Quelques autres voisins alertés par les cris étaient arrivés. Certains prenaient fait et cause pour elle, d'autres pour lui.

C'est à ce moment qu'on a entendu une voix sèche et ferme demander :

– Qu'est-ce que c'est que ce bazar ! ?

On s'est tous retournés et on a vu la capitaine Metrono avec Rabier dans son dos. Je ne sais pas ce qu'elle avait dans le ton mais tout le monde s'était tu et la regardait.

– Sergent Flankert. J'attends vos explications.

– C'est-à-dire, mon capitaine…

– C'est cette dingue qui…

– Vous, je ne vous ai encore rien demandé !

Le type a piqué du nez sans moufter.

En moins de dix secondes la capitaine a renvoyé les badauds dans leur appartements respectifs, m'a envoyé dans les toilettes voir si le serpent était toujours là et, parce que je revins bredouille, a appelé la brigade cynotechnique. (Une unité de la brigade spécialisée dans les interventions sur animaux.)

Ensuite elle a demandé au sergent de monter avec le type dans son appartement vérifier s'il ne manquait pas d'autres serpents et s'assurer que ses vivariums étaient aux normes. Pendant ce temps elle s'occupa de la femme.

Nous on n'en revenait pas. Sans hausser le ton elle avait bouclé ce foutoir en deux coups de cuillère à pot. Ça nous faisait mal de le reconnaître mais elle nous avait bluffés.

Mais là où elle a encore été plus grande c'est quand on a retrouvé le serpent dans l'appartement de la femme. Il avait bouffé son yorkshire… on voyait bien comme un gros ballon de rugby qui le gonflait sur tout l'avant du corps.

Je ne sais pas ce que la capitaine a dit à la femme mais il n'y a pas eu de cris, pas de vociférations, pas de trépignements… juste quelques larmes. Décidément cette femme savait se faire obéir.

La brigade cynotechnique a embarqué le serpent et nous sommes rentrés à la caserne.

16

– J'ai déjà entendu des conneries énormes mais là je dois dire que ça bat tous les records.

– Qu'est-ce qu'il y a d'extravagant à l'affaire, Grand ? Ton idée c'est bien de faire comprendre à Malavoie que l'on peut, suivant le point de vue que l'on adopte, considérer une femme comme un homme et vice versa ? Je ne me trompe pas ?

– Non, c'est bien ça... mais de là à emmener Malavoie chez les travelos, il y a une marge quand même.

– Quelle marge ? Quand Malavoie se sera rendu compte qu'il peut bander pour un mec je te fiche mon billet que ça ne le gênera plus d'obéir à une capitaine... ce n'est pas plus compliqué que ça.

– Encore faut-il qu'il bande.

– Alors là, mon pote, pas de problème... Tu peux faire confiance aux *girls* de chez Aldo. Elles te feraient bander un mort.

Nous étions tous les quatre dans la chambre de Tirpitz. Les gradés bénéficiaient du privilège d'une chambre individuelle. Moi je dormais là-haut, au sixième, dans le dortoir des appelés et des mal notés. Alex, lui, partageait sa chambre avec un autre type.

Ils me regardaient tous les trois en guettant mon approbation… je ne sais pas pourquoi mais mon avis comptait beaucoup pour eux. J'avais du mal à être emballé. Et par l'idée en elle-même, et de fourrer Malavoie entre les pattes d'un travelo sans le prévenir. Il était assez chatouilleux sur ce domaine et affichait le plus grand mépris pour les homosexuels. Même la grande phrase de Tirpitz sur le sujet ne le faisait pas rire : « Si on ne peut pas faire une pipe à un copain sans passer pour un pédé, ça ne vaut pas le coup d'avoir des amis. »

Maintenant je connaissais le talent des *« girls »* de chez Aldo pour y avoir moi aussi été amené. Je dois dire que l'expérience m'avait troublé.

– C'est quand même une drôle d'idée. Vous m'excuserez mais c'est quand même…

– Eh bien, si tu en as une autre, je t'en prie, ne nous en prive pas. On t'écoute !

– Ne te mets pas en colère, chef. J'ai pas dit que j'étais contre, je réfléchissais à haute voix.

– De toute façon, Grand, nous on n'a pas d'autre idée. Et si tu n'en as pas, il va falloir faire comme dit Tirpitz. Nous n'avons pas les moyens d'attendre trop longtemps.

– T'as raison, Alex… mais quand même ça me fait un peu peur, votre histoire. Avec Malavoie il faut être prudent… dans le genre, ce type est une bombe à lui tout seul.

– C'est vrai. Mais il est aussi vrai que si on ne fait rien pour désamorcer le conflit avec la capitaine, c'est toute la caserne qui risque d'exploser… alors que là…

– Alors que là il n'y a que nos gueules qui risquent d'exploser si les travelos d'Aldo ne font pas l'affaire de Malavoie.

– Bien vu, la Gentiane…

– Alors on fait quoi, Grand ?

– Ben on y va ! On n'a pas trop le choix, je crois.

Aldo était une boîte de nuit d'un genre particulier. Elle se trouvait exactement à l'angle de la rue Falguière et du boulevard Pasteur. À première vue l'entrée ressemblait à un distributeur automatique de billets. Et si vous n'étiez pas prévenu, il était impossible d'imaginer que derrière cette façade d'acier brossé se tenait l'un des endroits les plus chauds et les plus glauques de la nuit parisienne.

Je ne sais pas comment Tirpitz avait dégotté cette adresse mais depuis il hantait les lieux comme un véritable habitué. C'est lui qui nous y avait emmenés, Alex et moi, à l'époque où on se creusait la tête pour trouver des femmes et de l'argent.

– Vous verrez, là-bas les pompiers ne payent pas... d'autant plus quand ils sont jeunes et beaux comme nous.

– Mais ce sont des mecs...

– Erreur sur toute la ligne, mon pote ! Et je te déconseille de dire à un travelo qu'il est un mec. Tu le payerais très cher. Je te le dis, monzami, ce sont des femmes ! Des femmes avec un truc en plus d'accord mais des femmes... enfin tu verras.

– Oh moi je viens juste pour voir... je ne touche pas à ça.

Alex était tout à fait d'accord avec moi. Regarder mais pas toucher ! C'était notre devise.

Et on y avait été. La boîte était toute petite. Vingt-cinq, trente mètres carrés peut-être, guère plus... le corridor d'entrée servait de vestiaire. Ensuite la pièce bar avec deux trois petites tables dans un recoin sur la gauche et les lavabos au fond à droite. Comme décoration rien que du noir du sol au plafond avec comme seule touche claire un portrait de Marlène Dietrich incrusté sur le sol. Et puis les bouteilles d'alcool rouges, vertes et bleues dans une niche éclairée derrière le comptoir.

Et là-dedans quarante, parfois cinquante personnes les unes sur les autres… mais attention pas partouzard pour un sou ! Aldo ne l'aurait pas permis. Il exigeait de la tenue et du respect.

Des mains baladeuses, des frottements, des caresses sous les tables, ça oui… en pagaille même. Mais jamais de dérapages…

De toute façon il y avait beaucoup plus de travelos que d'hommes… c'était leur lieu à eux… et nous y étions acceptés je ne sais pas pourquoi.

Pour y pénétrer il fallait sonner à la porte. La femme d'Aldo qui tenait le vestiaire ouvrait un petit judas et vous accordait ou non l'entrée… j'en ai vu des gars refoulés…

Aldo c'était un petit pépère au gros ventre et aux cheveux rares. Sa femme dont je n'ai jamais su le nom était encore plus petite, format souris quoi, avec des cheveux bouclés blonds tombant sur les épaules.

La première fois on avait été surpris Alex et moi par l'endroit et par les *girls*. On avait presque envie d'en rire… surtout que certaines, fallait vraiment se pousser pour les prendre pour des filles. Je me souviens d'une grande, avec des épaules comme les miennes, et des jambes trop musclées, gainées par des collants résilles sur des talons aiguilles rouges du quarante-cinq… Un collier de chien autour du cou et une perruque frisée courte et noire sur le crâne. Une allure de VRP du déguisement pour noces et banquets… Si désespérément homme dans son allure de mauvais goût que je le plaignais plus que je ne pouvais m'en moquer. On avait parlé ensemble dans le brouhaha… des mots échangés et son regard empli de tant d'espoir de se voir traiter comme une femme que je lui avais offert un verre pour honorer la délicatesse féminine… il… elle avait eu comme une larme à ce compliment de bazar.

Mais force est d'admettre que la grande majorité n'était pas de ce genre… holà non ! Pas de ce genre du tout même. Au point que plus d'une fois je me suis demandé si celle avec qui je discutais ou dansais en était une ou pas… autant dire que si la première fois nous fûmes de simples spectateurs, nous sommes revenus, Alex et moi, pour découvrir plus avant les charmes de ce sexe qui ne sait de quel côté pencher.

Les *girls* de chez Aldo n'étaient pas comme l'affirment les on-dit populaires, mis à part quelques exceptions pour confirmer la règle, originaires du Brésil. Leur région à elles c'était plutôt le Sud-Est asiatique... Thaïlande et autre Cambodge.

Pour la plupart, elles tapinaient au Bois et passaient chez Aldo soit avant d'y aller soit sur le retour. De onze heures jusqu'à cinq du mat' il y avait un renouvellement permanent des *girls*.

Et si ça ne partouzait pas, ça n'empêche que c'était une java comme je n'en avais jamais vu. Entre l'alcool, la cocaïne et les érections on ne savait plus où donner de la tête.

J'aimais bien cette ambiance décadente où l'on ne savait plus qui était quoi mais où les *girls* jouaient à merveille leur rôle de filles.

Tirpitz était au mieux avec deux petites Asiatiques : Ken et Kaï qui étaient toujours fourrées ensemble (elles habitaient d'ailleurs en couple dans une petite bonbonnière aux murs tendus de satin rose sur la rue Princesse). On riait bien avec elles et il nous arrivait de les emmener au restaurant ou à la Scala, une boîte de nuit de la rue de Rivoli où les pompiers payaient moitié prix. On les traitait vraiment comme des filles parce que à la longue on en était venus à les considérer comme telles... et puis je crois qu'elles étaient vraiment des filles... des filles à qui dame nature avait joué un sacré tour de cochon peut-être mais des filles.

C'est elles que Tirpitz voulait entraîner dans notre affaire... en apparence cela me semblait une bonne idée car il était quasiment impossible de remarquer de l'extérieur que leur sexe n'était pas celui que l'on croyait.

17

Il avait été décidé qu'on se retrouverait chez Ali rue des Lombards pour le dîner. L'endroit était peu connu et surtout sombre, ce qui nous arrangeait. Ali était un restaurant à l'architecture curieuse en cela qu'il était construit sur trois niveaux. Le premier à l'entrée, derrière le rideau de fer tagué qui servait de façade, avec trois tables, puis un premier sous-sol dans lequel on descendait par un escalier court et tordu d'une trentaine de marches et enfin la grande salle au deuxième sous-sol avec une quinzaine de tables. Les pièces du sous-sol ressemblaient à des habitations troglodytiques avec des alcôves dans lesquelles se trouvaient les tables. Nous avions demandé à être au second sous-sol parce qu'il y avait une table de belle taille qui pouvait nous accueillir tous les sept.

J'avais été chargé de convaincre Malavoie de se joindre à nous.

– Viens donc, Malavoie, on va se marrer. Tirpitz a fait venir des copines à lui...

– Non.

– Des copines de Tirpitz ça ne se loupe pas ! Faut voir ça une fois dans sa vie.

– Je suis marié, moi, monsieur. Et puis d'abord je vous emmerde, Alex et toi... je ne veux plus vous voir ni vous entendre. Vous êtes des suppôts du féminisme et ça me fout de l'urticaire.

– Oh arrête... c'est pas parce que l'autre soir on était énervés qu'on va cesser d'être copains. Viens donc, quoi ! Il y aura la Gentiane...

– Ah parce qu'il sera là celui-là aussi... décidément c'est la grande sortie des anciens... et c'est pour fêter quoi ?

– Mais rien, c'est juste pour faire la java... Allez viens, quoi !

Il s'était fait tirer l'oreille pendant un bon quart d'heure avant de céder.

– Mais alors à une condition !

– Laquelle ?

– Je suis prioritaire pour l'option !

Poser une option dans le langage des conducteurs revenait à se réserver une fille avec la certitude que les autres ne tenteraient rien tant qu'on n'avait pas soit réussi à l'emballer, soit pris une veste. Pour que l'affaire soit crédible je ne devais pas céder trop vite.

– Attends, on sera cinq et elles ne sont que deux… et encore comme elles viennent avec Tirpitz on peut supposer qu'il y en a une pour lui… ça ne fait plus qu'une pour quatre. Alors dans ces conditions il n'y a pas d'option qui tienne.

– Alors bon dîner, les gars.

– T'es vraiment chiant, tu sais.

– C'est à prendre ou à laisser.

– Bon, c'est d'accord, je préviendrai les autres.

Voilà comment nous nous étions retrouvés chez Ali.

18

C'était toujours étrange de se voir en dehors de la caserne et de nos heures de service. Porter un même uniforme gomme un grand nombre de différences. Et puis lorsque l'on est en tenue de feu ou de travail on est des pompiers et rien d'autre. Mais dès que l'on enfile nos habits civils nous redevenons des individus à part entière, des êtres venus d'horizons et de classes sociales différentes... voire ennemies. Et même si nous étions de bons potes, nous nous regardions avec un semblant de gêne, attifés comme nous l'étions... comme si nous avions du mal à retrouver sous ce pull, sous cette veste, dans ce falzar noir au pli parfait sur des chaussettes blanches, le pote de la caserne. En plus nous étions tous inquiets de la réaction de Malavoie... mais cela s'était très bien passé. Il était arrivé juste assez en retard pour être remarqué, nous avait fait admirer son costume bleu nuit de chez Monsieur de Fursac (le comble du luxe pour les conducteurs) et son écharpe de soie blanche dont il était très fier, puis avait dit bonjour mesdemoiselles à Ken et à Kaï sans tiquer. La première partie du plan se déroulait à merveille.

Comme convenu nous l'avions installé sur la banquette de velours bordeaux entre Ken et Kaï, bien bloqué par la table. Les deux *girls* l'accueillirent comme le Messie. Elles s'extasiaient sur chacun de ses mots, sur son écharpe blanche qui le posait en seigneur, sa moustache d'hidalgo, la qualité de la coupe de son costard, son physique d'athlète... C'en était presque agaçant... Lui en tout cas se rengorgeait comme un pigeon en chaleur et se lâchait totalement. Il racontait toutes ses histoires les unes après les autres... Pour tout dire, le dîner tournait uniquement à la gloire de Malavoie. Comme il était bon conducteur ! Comme il était le pompier *number one* de la brigade ! Comme il était drôle et intelligent ! Comme tout le monde le respectait et le jalousait ! Et les deux *girls* qui l'entouraient en rajoutaient des tonnes. Elles gloussaient, tortillaient du croupion, lui posaient la main sur les épaules, les cuisses... lui décoiffaient les cheveux, se frottaient le visage dans son écharpe blanche dont il avait refusé de se débarrasser. Riaient comme deux dindes au moindre de ses mots. Lui ne se tenait plus. Il bombait le torse, pinçait ses lèvres… un vrai petit coq.

Les deux *girls* étaient vraiment parfaites. Avec leur accent chaud et langoureux dans lequel les « O » devenaient sirupeux et les « R » des vagues douces, on se serait cru dans un film en noir et blanc… quand les femmes portaient les hommes aux nues pour mieux les entourlouper.

Et par là-dessus les bouteilles qui défilaient sur la table… deux trois apéros pour ouvrir le bal et se mettre en bouche comme disait la Gentiane, puis du rouge et encore du rouge. Nous on le poussait à boire en remplissant son verre, en lançant des toasts à tire-larigot. Et lui les vidait cul sec les uns après les autres. Il se donnait du cœur au ventre…

Avec Tirpitz et Alex on se lançait des œillades triomphantes. Parti comme c'était parti l'affaire était dans le sac. Seulement c'était sans compter avec ce gros lourd de la Gentiane. Il essayait de se pousser auprès des *girls* en plaçant ses histoires à son tour. Il avait les mains baladeuses. Sous la table on le bourrait de coups de pieds dans les tibias mais il refusait de comprendre.

Dès qu'il ouvrait son gros groin Tirpitz l'interrompait et relançait Malavoie.

– Et la fille ligotée, raconte donc la fille ligotée.

– Je la connais moi aussi… j'y étais !

– Mais on s'en fout, gros ! Tu ne sais pas raconter de toute façon.

– Ça c'est vrai, côcô… toi par contre tu racontes comme les histoires de Bellemare à la radio. Vas-y, dis-nous la fille, côcô.

– Oh ouais ! la fille… mais parole, hein ! Pas un mot de mensonge. Tout s'est passé comme je le dis. Moi c'est la vie que je dis, pas la radio.

– Oui, côcô, raconte.

– C'est un petit couple qui revenait de week-end. Ils étaient inquiets parce que au moment de rentrer chez eux, ils avaient entendu des gémissements qui venaient de l'appartement d'à côté. Ils avaient toqué, appelé mais sans réponse, si ce n'est des gémissements supplémentaires. Ce n'était pas normal et ils avaient appelé les flics… puis au bout d'un quart d'heure comme la maison poulaga ne venait pas, ils s'étaient décidés à nous appeler. On est donc arrivés et on a fait sauter la porte. L'appartement était en ordre… ça ne ressemblait pas à un cambriolage. On s'est dirigés vers la chambre d'où semblaient provenir les gémissements. On était un peu tendus car on se doutait bien qu'il se passait quelque chose de pas net. On arrive devant la porte de la chambre et on y colle notre oreille. Pas de doute, les gémissements venaient bien de là… Le sergent a compté une-deux-trois et on est entrés en trombe. Et là ! Je te le donne en mille ! on est tombés sur une femme nue, bâillonnée, les jambes et les bras attachés aux quatre montants du lit. Je peux vous dire que ça fout un choc… pas la femme nue, hein ! mais son regard terrorisé qui nous suppliait de ne pas la regarder, de ne pas la violer avec nos yeux. Je vous jure, on était tous salement gênés. Moi je n'avais encore jamais fait de viol… parce qu'on était sûrs et certains que c'était un viol… qu'est-ce que ça pouvait être d'autre qu'une femme à poil et ligotée sur son page, hein ! ? On s'est approchés d'elle pour la libérer quand on a entendu du bruit qui venait de l'intérieur de l'armoire qui était face au lit. Je ne sais pas pourquoi mais on s'est tous persuadés que le violeur était là. C'était absurde, je sais, mais c'est bien ce que l'on a pensé. Le sergent a ouvert la porte de l'armoire d'un coup brusque et on s'est retrouvés nez à nez avec… Batman !!! Parole ! Batman *himself* ! À poil mais avec la cape, le masque noir et les petites oreilles en pointes. C'était le mari de la bonne femme en fait… le samedi matin il l'avait attachée au lit, s'était foutu le masque sur la tronche et était monté sur l'armoire pour pouvoir lui sauter dessus. Seulement le plafond de l'armoire avait cédé sous son poids et il était tombé dedans ! Bang ! Comme un gros sac ! Au point qu'il s'était cassé la cheville dans la chute. Mais le pire de tout, c'est que l'armoire était fermée à clef et que le gars ne pouvait pas en sortir… Il y avait passé son week-end pendant que la femme l'avait passé à poil ligotée sur son paddock… Ils avaient braillé pendant deux jours. Lui avait perdu connaissance le dimanche matin à cause de la douleur… enfin, ils étaient dans la panade à cause d'un fantasme.

Ken et Kaï étaient maintenant collées à lui, tout entière la tête dans ses épaules et leur corps dans ses bras. Leurs mains volaient sous la table, leurs poitrines frôlaient son torse. Elles hurlaient, gémissaient à chacun de ses mots. Elles remplissaient son verre, vantaient sa descente et sa résistance à l'alcool.

– Toi t'es fort, toi… tu sauves les femmes.

– Je suis pompier, mesdemoiselles ! C'est mon métier !

– Bravo, côcô, bravo. Si tous les hommes étaient comme toi, toutes les femmes seraient heureuses.

– À qui le dis-tu, ma belle… il n'y a plus d'hommes. Rien que des pédés !

– Tu as raison, côcô. Et si ça continue comme ça je vais devenir lesbienne… les hommes me déçoivent trop.

– Hé hé… pas besoin de masque de Batman moi. Je rends les femmes heureuses sans artifices.

– Ça se sent, côcô, ça se sent…

La main sous la table qui s'agite.

Moi je trouvais que les deux *girls* en faisaient quand même un peu de trop… J'ai fait signe à Tirpitz de m'accompagner aux toilettes.

– Dis donc, faudrait peut-être qu'elles se calment, les deux biches.

– Pourquoi ?

– À force de le trouver si merveilleux il va finir par s'en rendre compte.

– Alors là ça m'étonnerait. Il n'y a rien de plus facile pour une femme que de séduire un homme. Il suffit qu'elle se taise, le regarde en faisant glouglouglou, et rigole quand il parle de la météo… C'est con, un mec, quand ça devient chaud, tu sais.

– Peut-être… mais là quand même.

– Ah écoute, hein, il faut ce qu'il faut… Et puis au moins on en a pour notre argent.

– Notre argent ? Comment ça notre argent ?

– Ben… Il a bien fallu les intéresser un peu à la chose les deux coquettes. Je leur ai promis cinquante sacs.

– Chacune !!!

– Ben oui chacune, connard ! Elles font pas dans le prix de gros.

– Putain, t'es marrant, toi, cent sacs à quatre ça fait…

– Deux cent cinquante balles par personne. C'est pas le bout du monde…

– C'est la moitié de mon salaire…

– La moitié… ah, c'est vrai, t'es un appelé, toi.

– Comme tu dis.

– Boah… on s'arrangera.

– Je veux.

– À part ça, ça se passe bien, non ?

– C'est sûr, avec le cinéma qu'elles lui font… n'empêche j'ai toujours des doutes pour le moment suprême.

– Le moment suprême ?

– Quand il va vouloir en calcer une ! Il va bien falloir qu'elles retirent leur culotte, les *girls*. Et là il va se rendre compte qu'il n'y a pas plus de *girls* que de beurre en broche, le Malavoie.

– T'en fais pas, va… on va arroser la soirée comme il faut avant de le laisser seul avec Ken et Kaï. Un mec chaud et bourré, c'est prêt à tout.

– Même à se tringler un travelo ! ?

– Comment t'as fait la première fois ?

– Ben… comme tu viens de dire, c'est vrai.

– Alors tu vois. T'en fais pas, va. Malavoie, il est comme les autres. Un homme qui bande, c'est comme un chien de chasse. Il ne rentre pas au chenil au prétexte que le gibier a changé.

Quand on est revenus à table Malavoie en était à parler de la capitaine. Il était rouge comme une pivoine et postillonnait de fureur et d'alcool. Les apéros et le vin avaient fait leur effet.

– Les femmes, c'est pas fait pour donner des ordres.

– Oui, côcô.

– Bon sang !!! Je suis déjà suffisamment emmerdé à la maison par ma bonne femme pour pas me laisser pourrir la vie à la caserne par une autre greluche.

– Tu as raison, côcô.

– Mais bien sûr que j'ai raison, bon Dieu. Mais regarde-moi ces faces de cul là ! Eux ça ne les gêne pas qu'une femme vienne leur donner des ordres ! Ils trouvent ça bien ! Moderne !... Moderne mon cul !

– Oui, côcô. Regarde comme il est beau, mon cul à moi.

Et joignant le geste à la parole voilà Ken qui monte sur la banquette et qui tortille ses fesses à hauteur du visage de Malavoie. L'autre a le sourire aux lèvres, il est béat d'un coup. Il va pour plonger son nez dans cette lune tendue d'un pantalon rouge. Mais Kaï le tire par son écharpe pour lui coller le nez dans ses seins siliconés.

– Et mes seins, côcô ? Comment les trouves-tu, mes seins ?

Mais Ken, qui n'a jamais osé le coup des implants et remplit encore son soutien-gorge de coton, prend mal la chose et tire sur l'écharpe par l'autre bout.

– Touche mes fesses… touche mon cul, beau côcô.

Kaï qui ne veut pas lâcher si facilement tire plus fort pour le garder dans ses seins et Malavoie qui commence à s'étrangler au milieu. Il est rouge, presque violet. Il rigole mais s'étrangle dans une quinte de toux qui lui fait saillir les veines du cou. Il a la langue qui lui sort de la bouche… la tête qui gigote de droite et de gauche sous les assauts des deux folles qui le veulent pour elles seules. Il nous lance des regards égrillards, du geste il nous fait signe qu'il assure, qu'il a la situation bien en main, qu'il est aux anges. Au-dessus de lui les deux *girls* s'en donnent à cœur joie, elles se le disputent, se battent presque pour savoir laquelle des deux subira ses honneurs.

Et voilà la Gentiane qui se lance dans la danse. Il est raide pompette, le gros du bide et les simagrées de Ken et de Kaï lui ont chauffé les sangs. Il veut sa part lui aussi et avant que j'aie pu l'en empêcher le voilà qui se lève, titube et renverse sa chaise, s'accroche à la nappe et l'entraîne dans le nœud de ses guibolles… une bouteille verse, tout le vin qui s'étale sur la nappe blanche et qui éclabousse la jupe noire de Kaï. Il rigole comme un bossu devant son air navré…

– C'est du bon, ça ne tache pas… mais vaut mieux mettre du sel dessus.

– Il a raison, du sel, bon sang !

Malavoie se lève à son tour, attrape la salière et le poivrier et commence à saupoudrer Kaï dans tous les sens.

– Ça pompe le vin comme un poivrot, le sel… dans trente secondes tu seras propre comme un sou neuf… sans une tache…

– Mollis pas, copain, mollis pas.

La Gentiane a récupéré la salière de la table d'à côté et en a retiré le cabochon et arrose la tête de Ken et la table tout entière.

Les deux *girls* tentent d'échapper à l'orage et se lèvent. Mais Malavoie ne veut pas, refuse absolument en les retenant par les bras.

– Ne me quittez pas, mes petites chattes, mes bonbons… n'abandonnez pas le bon Malavoie.

– Ouais… il a raison… ne nous laissez pas tomber… on a plein de choses pour vous…

La table brinqueballe sous les assauts conjugués des uns et des autres. Les verres et les couverts qui tintent, le petit vase avec la rose en carton qui se fait la malle.

C'est épouvantable ce qu'il est lourd, la Gentiane. Avec sa trogne de travers, sa moustache grasse et son bide en cascade de graisse qui lui tombe sur le sexe, il est ignoble… Mais il est trop plein de vin pour comprendre quoi que ce soit. Avec Tirpitz pourtant on essaye de le tirer vers nous, on le bourre de coups de poings, de claques sur la tête… qu'il arrête son cinéma et se rasseye. Mais le mal est fait, on voit que les deux *girls* ne veulent plus jouer, qu'elles ont senti que les choses dérapaient et qu'elles pouvaient en faire les frais. Malavoie aussi a senti le vent tourner. Il est fou de rage.

– Tire-toi, sac à vin ! Fous le camp, grossier personnage… tu ne vois pas que tu effrayes mes petites biches… casse-toi.

– Tes biches !!! Tes biches !!! Des bichons, oui…

Et ce gros con pour prouver ses dires plaque ses grosses pognes dans l'entrecuisse de Kaï qui hurle de surprise, de douleur et de terreur…

– Regarde-moi ces biches !!!

Mais il a à peine fini de hurler sa phrase qu'Alex lui colle une droite en plein pif… pang ! son gros groin qui explose et qui gicle de sang sur la table. Une estafilade de gouttelettes rouges jaillit sur le chemisier blanc de Ken. Elle hurle. Aux tables voisines toutes les têtes sont braquées vers nous. On est l'attraction ! La honte de la soirée !

Malavoie braille de sa voix aigre :

– Foutez-moi ce con dehors ! Balancez-le à la rue… dans le caniveau.

Avec son écharpe il essuie les taches de sang sur la poitrine de Ken… Il étale tout, salope encore plus le travail. C'est la curée ! La Gentiane veut dérouiller Alex ! L'insulte et le provoque. Tirpitz en barrage l'en empêche. Il faut qu'on le sorte de là… qu'on sorte tous de là avant que ça ne parte totalement en vrille.

Et Kaï qui tombe à bras raccourcis sur la Gentiane. On l'avait presque oubliée dans la pagaille, celle-là. Elle a retiré un de ses talons aiguilles et lui cogne le dos avec, le cou, les joues… elle le perce comme une outre trop pleine. Elle est hystérique, hurle des insanités et lui crache dessus. Le gros se protège de ses bras qui prennent leur lot de talon aiguille. Des pieds il essaye de tataner Kaï.

Deux types d'une table voisine se lèvent et veulent s'interposer. Waterloo !!! Hallali !!! Il y a trop de cris, trop de sang, trop de tout ! De force on entraîne la Gentiane vers la sortie. Les deux gars s'occupent de Kaï qui voit sa soirée d'un coup transformée et qui redevient aussi sec chatte et tendre comme une fourrure, plus loin Ken et Malavoie se dirigent vers les toilettes.

À l'étage Ali se marre en nous voyant nous coltiner le gros. Il a l'habitude, ce n'est pas la première fois que la Gentiane déconne à pleins tubes dans son gourbi… il s'en moque comme de l'an quarante et de toute façon sait bien que ce sont ces écarts qui font la réputation de son restaurant. Chez Ali tout est possible ! Voilà sa devise. On lui colle la Gentiane dans les pattes.

– Empêche-le de redescendre, ce gros con. Il fout la merde à notre plan.

– Qu'est-ce que je te serre, gros ! ? Un Picon Suze ?

On est à peine dans l'escalier pour redescendre que l'on entend à nouveau des cris, des hurlements… une colonie de sauvages qui s'écharpe… il y a la voix de Malavoie, les cris de Ken, les hurlements de Kaï… Mais qu'a-t-on fait au bon Dieu pour que ça dégénère comme ça !

On arrive dans la salle et l'on voit Malavoie debout devant la porte des toilettes. Son écharpe blanche pendouille de son cou, il tient le chemisier blanc taché de sang de Ken dans les mains. Il l'insulte, l'injurie… titube… l'agonit à nouveau d'horreurs… Kaï trépigne en pleine crise d'hystérie. Et, droite et tragique au milieu du maelström, Ken torse nu, la poitrine creuse, qui pleure sans un bruit… Le coton de ses seins étalé à ses pieds…

– Pédé… sale pédé de ta mère ! Petit enculé de pédé… mais tu ne m'as pas eu.

Malavoie du doigt la déshonore, la juge… Il est comme Torquemada. Sanglé dans ses certitudes… Je regarde Tirpitz qui se décompose. Aux autres tables c'est encore l'incompréhension mais l'on sent bien que déjà dans leur esprit ce n'est plus Malavoie le fauteur de troubles… ils subodorent l'inacceptable, l'outrage à la morale, ces bons noceurs… Et Ken qui pleure. Alex s'avance et arrache le chemisier des mains de Malavoie puis plein de douceur en recouvre les épaules frêles et tremblantes de Ken. Du bras il l'entoure et lui offre le secret de son épaule.

Malavoie, toujours odieux, continue sa litanie d'ordures.

– Petite fiotte, va… dégénéré… faut vraiment être malade…

Mais Ken redresse la tête, se dégage de l'abri d'Alex et marche vers Malavoie. Se plante dans ses yeux.

– Pauvre type… tu ne sais que bander ou mépriser ! Qu'est-ce qui te plaisait chez moi tout à l'heure ? Que je sois une femme ou que je sois un coup pour ta soirée ? Si ce n'est qu'un trou que tu cherchais, j'en ai un mais je ne te le donnerai jamais… Tu me trouvais belle… j'étais une petite chatte… eh bien voilà, maintenant tu le sais, tu as trouvé belle une sale pédale, un travesti ! Alors demande-toi qui est le plus dégénéré des deux. Moi qui me sens femme ou toi que ta petite queue dirige au point de tout confondre…

Il a voulu répondre, Malavoie, mais Alex l'en a empêché.

– Tais-toi… tu vas encore dire n'importe quoi… décidément t'es vraiment qu'un pauvre mec… À part ta gueule tout est petit chez toi… tu ne comprends rien…

Il a pris le manteau de Ken et le lui a posé sur les épaules.

– Viens, ma belle, je te raccompagne chez toi.

Le silence est tombé sur le restaurant. Kaï a repris son manteau et a suivi sa copine.

Malavoie regardait ses pieds sans oser faire un geste. Tirpitz et moi on se sentait comme deux cons.

De mon point de vue la soirée avait été un terrible fiasco.

19

Toute la nuit avec Alex et Kaï on a consolé Ken en pleurs… dans leur petite chambre rose bonbon, avec les photos de Dalida et de Claude François dans des cadres en imitation argent qui entourent un bouddha à moitié dissimulé par la fumée grise des bâtonnets d'encens.

Ken pleure. Elle en a marre du sexe, des sexes et de la vie… elle pleure et on ne sait pas quoi lui dire. On a l'argent promis dans nos poches mais on n'ose pas le lui donner… on n'ose pas en rajouter encore.

J'ai un sale goût dans la bouche et une pierre dans l'estomac qui me fait mal. J'ai honte de moi, honte des hommes, honte de Malavoie et de la Gentiane… j'ai honte mais je ne fais rien, je ne dis rien… décidément j'accumule les preuves en ma défaveur : je suis un naze.

Finalement Ken s'est endormie dans les bras

d'Alex. Kaï dort la tête sur mes genoux. Je lui caresse les cheveux.

– On a merdé notre coup, non ?

– Non !!! Nous n'avons rien merdé. C'est lui, lui seul qui merde tout ! Moi c'est fini, je ne fais plus rien pour lui...

– C'est Malavoie quand même...

– Quoi, Malavoie. Qu'est-ce que ça peut me foutre que ce soit Malavoie... tout ce que je vois c'est que depuis quelque temps dans la caserne l'ambiance est pourrie. Tous les conducteurs font bloc derrière ce naze et refusent d'obéir aux ordres de la capitaine...

– Reconnais aussi qu'elle est chiante.

– Mais elle n'a pas le choix, Grand ! Elle n'a pas le choix... regarde les choses de son point de vue pour une fois ! C'est une femme... un nouveau capitaine qui arrive dans une nouvelle caserne où la moitié des gars ont décidé de ne pas lui obéir. Comment veux-tu qu'elle fasse ? Elle doit s'imposer ! Marquer son territoire ! Faire preuve d'autorité ! En plus elle sait qu'il y a un mec dans la caserne qui est prêt à tout pour lui compliquer la vie ! Même à faire des fausses alertes. Comment crois-tu que la hiérarchie juge ça ? Ce n'est pas simple pour elle... elle est un test pour l'état-major et elle le sait... si elle se plante, ce sont toutes les femmes de la brigade qui en paieront le prix… si elle ne réussit pas on aura beau jeu de dire que les femmes ne peuvent pas commander une unité opérationnelle. Alors pense un peu à sa situation : déglinguée par l'intérieur et disséquée par l'extérieur. Tu devrais en parler à Rabier.

– Rabier !!! Mais c'est un…

– Un quoi !!! Un quoi !!! Tu le connais ?

– Non mais…

– Mais Malavoie dit que c'est un connard ! Et ça te suffit ?

– Malavoie, c'est mon pote, alors je lui suis fidèle.

– Fais gaffe que ta fidélité ne devienne pas de la connerie, Grand… Ton Malavoie tu ne peux pas tout lui excuser. Tu trouves ça bien, toi, de pourrir la vie de la capitaine ?

– … je ne sais pas.

– Eh bien, moi, vois-tu, Grand, si demain tu déconnais gravement, je me mettrais en travers de ton chemin… justement parce que je suis ton ami. Et à le suivre comme ça, le Malavoie, personne ne lui rend service.

Dans les jours qui suivirent l'atmosphère à la caserne se dégrada considérablement. L'histoire des *girls* fit le tour des conducteurs qui décidèrent que Tirpitz était un pédé et que tous ceux qui le soutenaient étaient du même genre… dans la foulée il leur fut aisé d'affirmer que tous ceux qui trouvaient que la capitaine n'était pas si mal que ça étaient eux aussi des pédés.

– Les pédés c'est des mecs qui ont des problèmes avec leur mère… normal qu'il se réfugient dans les jupons de la capitaine.

Autant dire que ça n'allait pas du tout…

20

Et pourtant la journée avait mal commencé. La Gentiane, ce gros con, qui était de PS, avait décidé, au prétexte que c'était l'anniversaire de sa nièce, qu'il pouvait fêter ça à grands coups de Suze tonic. Il avait gobé la première dès le petit déjeuner aux alentours de huit heures et demie et à midi il titubait tellement qu'il avait été incapable de rejoindre le PS lors d'une alerte... en désespoir de cause l'adjudant avait demandé à Malavoie de le remplacer au pied levé.

Donc, à cause de la connerie de la Gentiane, Malavoie s'est retrouvé à conduire le PS ce jour-là. J'en étais avec Tassin comme radio et Rabier comme autre servant... le sergent Bassault comme chef d'agrès. Et si Malavoie était heureux de décaler à nouveau sur une vraie intervention, il ne le montrait absolument pas. De toute façon depuis le drame de chez Ali, Malavoie ne nous adressait plus la parole... pire même, il nous évitait.

Ça se passait à la station Mabillon. Un type, un désespéré, s'était jeté sous le métro. Nous, quand on est arrivés, la rame et la station avaient déjà été vidées. Il n'y avait sur le quai que le conducteur du métro, le chef de station et la maison poulaga qui pour une fois était en avance.

La rame était arrêtée aux trois quarts du quai et toutes ses portes étaient ouvertes. Et dans cette station vide, on entendait à intervalles réguliers monter de dessous les wagons les gémissements lents et sourds de la victime. Heuin ! Heuin ! Heuin !

Assis raide et nerveux sur un des bancs de bois laqué bordeaux, le chauffeur, blanc comme un linge, racontait son histoire aux flics. Il agitait ses mains dans tous les sens, se frottait le visage, se pinçait le nez...

– J'ai freiné, bordel ! J'ai freiné ! Mais je voudrais vous y voir, nom de Dieu ! Un mec qui se balance comme ça devant vous, vloutch ! Là devant vous ! Sans prévenir ! Qu'est-ce que vous pouvez faire ? Hein ? Freiner ! ? J'ai freiné, je vous dis ! Mais faut que ça s'arrête, une rame... c'est des tonnes et des tonnes... Alors le gars qui se jette comme ça sous vos roues... putain ! J'ai rien pu faire pour l'éviter. Freiner ? Oui, oui, oui, j'ai freiné… J'ai fait comme il faut… ça oui ! Comme il faut… mais il est en dessous, bordel ! Vous comprenez ! ? Il y a un mec en dessous de ma rame… un mec en dessous de mes roues…

Le flic ne l'écoutait qu'à peine… il avait son identité et ça lui suffisait. Par habitude il le questionnait un peu.

– Vous n'avez vu personne le pousser ? C'est un suicide, hein ? Un suicide ? Vous êtes d'accord, vous témoignerez ?

Le chef de station, lui, c'était autre chose. Le gars sous la rame ce n'était pas son problème. Enfin pas son problème… disons qu'il se foutait de l'état dans lequel il pouvait bien être. La seule chose qui comptait était de savoir quand il pourrait relancer la circulation sur la ligne.

– Le PC de ligne va nous envoyer quelqu'un… mais ce serait bien qu'on ait fini avant qu'il n'arrive. Enfin heureusement ce n'est pas un gros échangeur ici… mais quand même. Pour le quartier c'est une station importante… quand est-ce que vous aurez fini à votre avis ?

Et toujours les gémissements lents du pauvre type sous le métro. Heuin ! Heuin ! Heuin ! Sur le quai on avait remonté et descendu la rame plusieurs fois pour essayer de le localiser. Mais on ne voyait rien et avec l'écho naturel de la station impossible de le situer au son.

– Tassin, appelle la caserne et demande au capitaine de venir. Dis-lui que je pense qu'il faut faire venir un hélico pour transporter le gars à l'hôpital. Et puis va demander à Malavoie de nous apporter les crics.

– Bien, chef.

– Grand et Rabier, vous descendez sur la voie et vous me remontez la rame par en dessous pour me trouver le gars. Allez-y mollo, il doit être en sale état.

– Bien, chef.

Rabier est parti en tête de train et moi en queue. On avançait en rampant sous la rame, le ventre sur les caillasses mauves du ballast, les mains dans les mégots de clopes, les vieux chewing-gums, les restes de sandwichs, les glaviots, les crottes de souris. Au-dessus de nos têtes, dans le petit cercle de soleil de notre lampe de poche apparaissait la plate-forme noire du métro avec ses câbles, ses boulons, ses boggies, ses durites et sa poussière agglomérée de graisse et d'huile... Là-dessous on avait l'impression d'être une taupe dans sa galerie. On n'y voyait rien, n'entendait rien que sa propre respiration et les gémissements du gars qui dans sa demi-inconscience souffrait en cadence.

Et puis je l'ai vu... mais je n'ai pas compris tout de suite. C'était quelque chose fait de tissus et de sang qui flottait au-dessus de moi… entortillé comme une guimauve autour de l'axe des roues. Ça ne ressemblait à rien de connu parce que les bras, les jambes, le torse, la tête étaient dans un ordre étrange… à des places pas habituelles. Et au milieu de ce fatras de chair et de fringues j'ai vu un visage hirsute, marqué de cambouis et de sang, qui gémissait doucement… Heuin, heuin, heuin !

Et puis deux yeux ouverts ! Écarquillés de douleur ! Suppliants ! Terrifiés !

J'ai eu peur. Tellement peur que je n'ai même pas pensé à appeler le sergent et les autres pour leur dire que je l'avais trouvé. J'ai eu peur parce que ce type devait avoir si mal que je n'osais le toucher, parce que je ne voyais pas comment l'aider… et parce que devant un truc aussi moche j'ai eu envie de partir pour pouvoir oublier.

J'ai roulé sur le côté pour me relever entre le quai et la rame. Le sergent est arrivé en courant vers moi. Quand il a vu ma tête il a commencé à me gueuler dessus.

– Respire, bon Dieu, respire !

Il me secouait l'épaule comme un prunier. Derrière lui j'ai vu Malavoie et Tassin arriver avec les crics. Un flic s'est agenouillé pour me demander si j'avais trouvé les papiers du gars.

Puis on a entendu la voix tremblante de Rabier qui disait :

– Chef, chef! Putain, chef, qu'est-ce que je fais de ça?

On s'est tous retournés et on a vu la tête de Rabier qui, comme la mienne, dépassait à peine entre le quai et la rame et qui levait devant lui un pied coupé un peu au-dessus de la cheville. Un pied avec une chaussure marron et une chaussette bleu ciel.

Ensuite le médecin est arrivé avec la capitaine. Le type de la Retape lui est tombé dessus. Il voulait qu'on s'active pour qu'il puisse relancer sa station… tout ça durait beaucoup trop pour lui.

Très gentiment mais très fermement elle lui a demandé d'attendre quelques instants. Le médecin est descendu avec nous sous le métro pour regarder le gars. Quand il est remonté il a confirmé la demande du sergent.

– Si on veut le sauver il faut raccourcir au maximum le temps de transport… c'est l'hélico et rien d'autre.

– Bien… sortez-le de là-dessous. Sergent, vous êtes sous les ordres du médecin. Tassin, appelez-moi le PC pour une demande d'hélico.

Puis elle s'est tournée vers les poulets.

– Vous, appelez-moi votre commissaire.
– Pour quoi faire ?
– Parce que je vous le demande.
– Ah... bon d'accord.

Pendant qu'on soulevait le wagon avec nos crics et que l'on sortait le pauvre suicidé, la capitaine organisa l'arrivée de l'hélico, la mise en place d'une zone de sécurité sur le carrefour Mabillon et réussit à convaincre le chef de station qu'il était nécessaire que le brancard et la victime soient déposés dans le local vestiaire plutôt qu'exposés au public sur le trottoir en attendant l'arrivée de l'hélicoptère du Samu.

En moins de dix minutes elle avait organisé tout cela sans élever le ton, sans s'énerver et sans perdre de vue une seule seconde l'intérêt de la victime. Et pourtant au PC ils avaient commencé par dire non pour l'hélico. Puis le gars du PC RATP était arrivé en beau costume gris et lunettes d'écaille et avait fait un grand numéro sur la constance du service public et la nécessité qu'il y avait à promptement rétablir la circulation et enfin le commissaire lui avait demandé si elle comprenait ce que ça voulait dire de bloquer la circulation sur le boulevard à cette heure de la journée.

Décidément, à chaque fois que je la voyais sur une intervention, je trouvais qu'elle était vraiment bonne. Elle savait diriger… il n'y avait rien à dire… et puis c'était vrai qu'elle était bien gaulée. Dans son uniforme de travail, une sorte de treillis bleu avec des poches juste à la hauteur de la poitrine, elle était pas mal du tout… Et puis j'ai toujours eu un faible pour les femmes dans des costumes taillés pour les hommes. De voir des jambes fines et tout en longueur ronde se terminer par des croquenots à semelle épaisse ça me fait tout drôle. De toute façon une femme habillée en homme ça a quelque chose d'interdit et de pervers qui me donne toujours l'envie de la déshabiller…

Une fois que le gars fut sorti de dessous la rame, que la station fut réouverte au public et la circulation du métro rétablie, nous attendîmes dans l'engin l'arrivée de l'hélicoptère. La capitaine et le sergent étaient restés quant à eux en bas, avec les gars de la Retape et le blessé.

Donc nous étions dans l'engin, assis, attendant l'hélico. On ne parlait pas. On attendait de savoir si le gars que nous avions déroulé de l'axe des roues allait survivre ou pas… moi je me disais qu'il valait mieux pas… vu son état.

Tout d'un coup une femme s'est approchée de nous et a demandé sur un ton pète-sec à Malavoie :

– Qu'est-ce que vous faites là ?

Il y a une règle à la brigade : sur une intervention, mis à part le plus haut gradé, nous n'avons pas le droit de répondre aux questions du public. Si on nous interroge nous n'avons que le droit de dire : « Je ne sais pas. Adressez-vous à... » et désigner le responsable. Cette règle est là pour éviter la panique. Imaginez un la Gentiane répondre à l'interrogation d'un péquin. Avec sa connerie il serait capable d'effrayer le chaland pour une simple fuite d'eau.

– Rien, madame.

– Comment ça rien ! ? Qu'est-ce que c'est que cette réponse à la noix ? Si vous êtes là plutôt que dans votre caserne c'est qu'il se passe quelque chose et j'exige de savoir ce que c'est.

– Je ne peux rien vous dire, madame. Voyez cela avec la capitaine.

– Non mais dites donc, ne me prenez pas pour une imbécile. C'est avec mes impôts que vous êtes payés, alors répondez à ma question.

– Madame, je viens de vous dire...

– Ah ça mais c'est trop fort. Non mais regardez-les ! Ils sont là vautrés sur leur banquette à se foutre de moi. Mais ça ne va pas se passer comme ça. Donnez-moi votre nom, mon petit père. Je vais m'occuper de vous. Je n'aime pas qu'on m'insulte.

– Je ne vous ai pas insultée, madame.

– Ah oui et comment appelez-vous votre conduite ? Moi j'affirme qu'elle est insultante ! Je vous demande ce que vous faites là et vous me répondez rien ! C'est me prendre pour une idiote que je ne suis pas.

– Mais enfin, madame…

– Ah taisez-vous !

Elle hurlait maintenant la bonne femme. Elle houspillait Malavoie du doigt et du regard. Une furie. Et lui gardait un calme olympien. C'était étonnant d'ailleurs qu'il arrive à se contenir ainsi… à moins que la présence proche de la capitaine ne l'obligeât à se maîtriser. Dans sa position il ne pouvait pas se permettre un esclandre même si la bonne femme le provoquait.

J'ai voulu intervenir mais mal m'en a pris.

– Vous, le sous-fifre, je ne vous ai rien demandé. Cet individu est bien votre supérieur ?

Du doigt elle montrait sa barrette rouge de première classe.

– C'est bien votre supérieur ?

– Ben…

– Ben, ben, ben ! Quand on ne sait que bêler on évite de se mêler de la conversation des grandes personnes. Retournez à votre digestion… quant à vous, mon drôle, je vais parler de vous en haut lieu. Je connais bien le maire de l'arrondissement...

C'est à ce moment que la capitaine est arrivée avec un sac en plastique à la main. Elle s'est glissée entre la femme et Malavoie.

– Capitaine Métrono, madame. Que puis-je pour vous ?

– Capitaine ?... Vous êtes la supérieure de cet énergumène ?

– C'est exact, madame. Que puis-je pour vous ?

– D'abord vous pourriez un peu mieux tenir vos troupes, ma petite. Leur apprendre les bases élémentaires de la politesse.

– Ah bon ?

– Oh et ne prenez pas votre petit air supérieur avec moi... je me fous comme de l'an quarante que vous soyez capitaine ou contre-amiral ! Pour moi vous n'êtes qu'une fonctionnaire. Et en tant que fonctionnaire payée par mes impôts vous êtes à mon service. Alors j'exige que vous répondiez à mes questions.

– Vous avez tout à fait raison, madame.

– Ah enfin... alors j'attends ! Qu'est-ce que vous faites ici à ne rien faire au lieu d'être dans votre caserne à vous entraîner ?

Et alors là, la capitaine a fait un truc qui nous a tous sciés. Doucement, avec son calme habituel, elle a ouvert le sac en plastique qu'elle avait en main, en a sorti le pied coupé, l'a élevé sous le nez de l'hystérique et lui a demandé :

– Nous cherchons le propriétaire de cela ? Peut-être pouvez-vous nous aider ?

21

Le soir dans la salle à manger on ne parlait que de l'histoire du pied. Oh, oh ! Celle-là c'était la meilleure. Et en plus par la capitaine. Tassin, Rabier et moi on n'arrêtait pas de raconter la gueule de la bonne femme. Comment elle avait eu un haut-le-cœur et comment elle avait pris la poudre d'escampette... Oh là là... On nous réclamait des détails, le ton de la voix, la gueule de la bonne femme, la tronche du pied.

Chacun y allait de son commentaire sur la capitaine... que somme toute c'était quand même un bon capitaine et assurément une sacrée bonne femme. Qu'une bonne femme qui pouvait faire un coup comme celui-là, c'était comme si elle était un mec. Il y avait même l'adjudant-chef Blain qui voulait tout savoir lui aussi et qui n'en revenait pas.

Il fallait reconnaître que la capitaine avait réussi l'exploit de retourner la situation à son avantage sans jamais nous brosser dans le sens du poil ni céder un pouce de son autorité.

La seule ombre au tableau était l'absence des conducteurs qui, en dehors des heures de repas, ne mettaient plus les pieds dans la salle à manger. Pour eux nous étions des traîtres et des pédés et ils restaient dorénavant claquemurés dans leur local où ils ne recevaient plus personne. Et la mise à pied de la Gentiane en rajoutait à leur ire.

À minuit je suis allé relever Rabier au poste radio. Quand je suis arrivé il écoutait les messages échangés par les engins en intervention. On passait tous nos nuits de garde l'oreille collée à la radio. Pour ne pas s'endormir tout d'abord et puis pour savoir ce que les autres faisaient.

– Salut, Rabier.

– Bonsoir, Grand.

– C'est comment ?

– Calme plat. Des fuites d'eau, des clefs oubliées… rien de palpitant.

– Bon. Tu peux aller dormir, je prends le relais.

– OK…

– Bonne nuit.

– Merci.

On ne savait pas trop quoi se dire lui et moi. Nos amitiés antagonistes pour la capitaine et

Malavoie rendaient notre contact difficile. Pourtant je ne lui voulais aucun mal et j'étais certain qu'il ne me détestait pas. Mais je trouvais idiot qu'on en soit à s'ignorer l'un l'autre, cela ne rimait à rien. D'un autre côté je n'avais pas envie qu'il puisse croire que je retournais ma veste.

– Dis donc, Grand.

– Ouais.

– Ça m'a foutu un drôle de coup de trouver le pied, tu sais. Alors j'imagine que de tomber sur le gars...

– Oui.

– Pour un peu je regrette presque que le musée des horreurs ait disparu. Ça aurait été une belle pièce ce pied.

– Oui.

– J'espère que ça ne va pas durer cent sept ans cette ambiance pourrie.

– Oui.

– Bon... ben bonne nuit...

Il est sorti de la pièce. Mais quand il est passé devant la fenêtre qui donnait sur la cour je l'ai interpellé.

– Rabier...

– Oui ?

– Comment pourrait-on faire pour... heu... enfin tu vois quoi ?

– Pour Malavoie ?

– Oui… on a tout essayé pour le calmer, tu sais, mais il n'y a rien à faire. Il est braqué.

– T'es au courant pour sa femme ?

– Quoi sa femme ?

– Ah tu ne sais pas… bon… je vais te dire un truc mais tu me jures le secret. Il n'y a que la capitaine, Blain et moi qui soyons au courant.

– Je te jure. Je suis une tombe.

– Sa bonne femme l'a quitté il y a trois mois.

– Oh…

– Il est rentré chez lui après une garde et l'appartement était vide. Plus de meubles, plus de femme et plus d'enfants. Plus rien.

– Tu déconnes.

– Non. Et le pire c'est qu'elle est partie pour une femme.

– Non !?

– La voisine de palier.

– Alors là je suis sur le cul… mais pourquoi n'a-t-il rien dit ?

– À ton avis ?

– Ouais, c'est une question idiote.

– Tu comprends mieux maintenant pourquoi il ne peut pas admettre l'idée d'être commandé par une femme.

– Ouais… On n'est pas sortis de l'auberge.

– À qui le dis-tu… Mais le plus tordu dans l'affaire c'est que lui ne cherche qu'à faire chier la capitaine alors qu'elle ne cherche qu'à le protéger.

– Qu'est-ce que tu veux dire ?

– Il ne faut pas la prendre pour une conne, tu sais. Dès le premier jour elle a compris que Malavoie était l'âme de l'opposition à sa venue. Pendant un temps elle a même pensé que c'était lui qui était à l'origine de la fausse alerte…

– Hein !? Malavoie déclencher une fausse alerte !?

– Oui, je sais, c'est débile. D'ailleurs c'est ce que nous lui avons dit Blain et moi. Donc au départ elle s'était dit qu'elle allait se farcir Malavoie… puis quand elle a été mise au courant de sa situation familiale, elle est revenue sur sa position. Elle s'est dit qu'il ne fallait pas lui rendre sa vie professionnelle insupportable… qu'il en avait assez avec sa vie personnelle.

– Si on le lui disait, peut-être qu'il regarderait la capitaine différemment.

– Je ne crois pas… je suis même sûr du contraire. Il n'y a rien de pire que d'être aidé par un ennemi. Et puis regarde les choses… ce n'est pas parce qu'elle a été gentille que les gars l'acceptent maintenant. Au contraire.

– T'as raison… Tu vois, moi au début j'étais plutôt du côté Malavoie…

– Sans blague.

– Et puis avec le temps j'ai trouvé qu'elle était bien cette bonne femme. D'accord elle est autoritaire mais quel capitaine ne l'est pas ? Et sur intervention elle assure... et pour tout t'avouer aujourd'hui je ne fais même plus attention au fait qu'elle soit une femme.

– C'est un pompier !

– Exact... quoique quand même...

– Quoi ?

– Tu me jures que tu ne diras rien.

– Allons, on est entre nous.

– Elle a une de ces paires de loches. Pah pah pah... misère, ça donne des envies.

– C'est vrai qu'elle est gaulée.

– J'aime pas trop sa gueule mais de corps c'est autre chose...

– Je me demande comment elle est à poil...

– Ouais...

– Ouais...

– Enfin ce que je veux dire c'est que je m'en fous que ce soit une femme.

– C'est ça... moi aussi... je suis d'accord.

22

C'est à la mauvaise heure qu'on a décalé sur le feu... quatre heures du matin. C'est une heure bâtarde. Elle est si loin dans la nuit qu'elle ne donne plus envie de se rendormir et pourtant le matin n'est pas encore aux portes de l'horizon... c'est une sorte de moment en creux dans le sommeil des villes, une heure où les fêtards viennent de se coucher et où les premiers camions bennes n'ont pas encore quitté leur garage de la proche périphérie. Un non-dit de nuit.

Nous on le sent bien. Physiquement c'est parfait : on est reposés. Mais là-haut, dans la cloche à cervelle, c'est encore le brouillard, le potage des rêves et la quête d'un petit coin de chaleur moite pour s'y blottir encore quelques instants. C'est une heure à conneries. Mais là on bandait sec parce qu'un feu c'est quand même le but de notre vie. On est devenus pompier rien que pour ça. Pour se colleter avec les flammes.

En plus l'immeuble était tarabiscoté. Construit à la fois en retrait de l'alignement de la rue et en contrebas du trottoir. Ce qui fait que son rez-de-chaussée, qui donnait sur une petite cour creusée par cette étrange dépression, se trouvait sur le même plan que les caves des immeubles voisins. Une passerelle l'enjambait et permettait de rejoindre la porte d'entrée du restaurant.

C'était lui qui cramait. Plus exactement ses cuisines au rez-de-chaussée sous-sol.

Quand on est arrivés le propriétaire nous attendait et il s'inquiétait drôlement du sinistre. Il avait été réveillé par l'alarme dans son appartement qui se trouvait deux étages au-dessus. De l'extérieur on ne remarquait pas grand-chose. Pas de fumée et seulement une lueur tremblante qui apparaissait de ci de là aux fenêtres d'en bas, dans le creux... Pendant que le sergent Bassault l'interrogeait sur la topographie des lieux, Tassin posait un tuyau de cent dix entre la bouche à incendie et l'engin tandis que Rabier et moi on déroulait la lance du dévidoir tournant (la petite lance rouge qui se trouve à l'arrière).

Aux dires du patron l'incendie avait pris en bas, dans les cuisines, mais on ne pouvait y accéder qu'en passant par la salle du restaurant.

–Vous êtes allé voir ?

– Non… la porte est brûlante, alors je n'ai pas osé.

– Vous avez bien fait. Il n'y a pas d'autres accès ?

– Non… c'est considéré comme une cave, vous savez.

Ça ne lui plaisait pas du tout au sergent ce truc sans double sortie. Mais nous n'avions pas le choix. On s'est équipés de nos appareils respiratoires individuels et on a franchi la passerelle. Le sergent et moi en tête, Rabier juste derrière avec la radio. Malavoie, lui, restait à l'engin pour surveiller le niveau de la tonne tandis que Tassin restait avec lui en soutien et en éventuel renfort. Il n'avait plus qu'à espérer que le feu serait dur et qu'il aurait ainsi l'occasion de venir me relever. Parce que ça ne paraît rien de tenir une lance sur un feu mais c'est exténuant. À cause de la chaleur, du casque qui pèse sur la tête, des deux bouteilles d'air dans le dos, du bruit et de l'eau qu'on perd à grosses gouttes par tous les pores de la peau. En dix minutes on a les muscles qui tremblent mais on préférerait crever que de l'avouer… heureusement ou malheureusement le règlement se fout du tiers comme du quart de notre orgueil et oblige à une rotation sur la lance. Et encore là il ne s'agissait que de la petite lance, ce qui n'est pas grand-chose. Mais sur des tuyaux de cent dix alors là c'est un autre sport.

Dans la salle du restau il ne se passait rien. À peine s'il y avait une petite fumée qui aurait pu passer pour celle laissée par les bougies et les cigarettes d'une soirée récemment terminée. La porte d'accès aux cuisines se trouvait à côté du bar. L'escalier descendait à pic sous la salle du restaurant. On s'est positionnés avec prudence à droite du chambranle, à l'inverse du sens d'ouverture. Même s'il ne semblait pas que ça cramait dur en dessous, on se méfiait. C'est que du vice un feu. Parce que c'est beau et que ça chante une musique qui nous rassure on a envie de jouer avec, de s'y chauffer les fesses. Mais lui pendant ce temps ne rêve que d'une chose : vous brûler vif ! Et souvent il attend derrière les portes closes pour vous bondir au visage et vous défigurer d'un bon coup de retour de flamme.

Le sergent a ouvert la porte. Une épaisse fumée noire, brûlante et âcre a jailli, projetant dans son râle des escarbilles sombres et grasses. Assurément il n'y avait pas que du bois qui se consumait là-dedans. Nous avons passé nos masques pour ne pas étouffer et nous protéger les yeux de l'acidité qui envahissait l'atmosphère. Le bruit et la chaleur de l'incendie montaient le long des marches aussi vite que la fumée… comme si une gorge brûlante grognait sa hargne avec mépris à nos visages. La force du torrent brûlant qui jaillissait de l'escalier était telle qu'elle repoussait les intrus et seule notre volonté nous permit de plonger dans ce courant infernal. On ne voyait pas à cinquante centimètres devant soi et heureusement que nous avions accroché à nos ceinturons la corde de survie qui nous permettrait en cas de problème de regagner la sortie. Dans cette épaisse obscurité de suie et de carbone on avançait doucement, marche après marche, en faisant bien attention. Progressivement on a commencé à apercevoir les lueurs orange et rouges du feu. Comme de petites explosions de clarté qui nimbaient la fumée de mirages d'aurore… flashs d'or et de mauve bordés de jaune. Mais curieusement elles ne se trouvaient pas au sol ces lueurs de feu mais au-dessus de nos têtes… c'était le plafond tout entier qui était embrasé. Un drôle d'incendie. On voyait les flammes courir en rouleaux sur le plafond, s'enrouler les unes sur les autres dans des chatoiements de rose et de rouge, épaisses comme un ballet de souffles superposés… elles dévoraient les poutres, les câbles et les hottes aspirantes pleines de graisse avec une cruauté affamée. La chaleur qu'elles crachaient rayonnait de partout, se cognant sur les plaques brillantes des meubles inox, rebondissant d'une vitre de four à une porte de frigo… à chaque meuble elle semblait s'élever de quelques degrés… et l'on voyait fondre à gros bouillons les Tupperware roses et verts posés sur les plans de travail, se tordre les manches des casseroles. C'était comme une Cocotte-Minute cette pièce et si l'on n'arrivait pas très vite à abaisser la température ça risquait de s'embraser d'un coup comme un paquet d'allumettes… fasse le ciel que nous ne soyons pas là à ce moment-là.

Même si avec cette fumée il ne nous était pas possible de voir l'étendue du feu, il ne faisait pas de doute qu'une grande partie du plafond était ravagée par les flammes.

C'est à cet instant-là, juste quand on a commencé à arroser la pièce avec la lance en position de diffusion pour abaisser la température, que c'est arrivé. Comment exactement, ce n'est pas facile à dire, parce que vraiment on n'y voyait rien. Toujours est-il que tout d'un coup on a entendu que quelque chose craquait au plafond et pratiquement dans le même instant j'ai vu débouler d'au travers de la fumée une énorme masse noire qui m'arrivait droit dessus. J'ai juste eu le temps de me tasser et j'ai senti mon crâne dinguer dans mon casque comme si on s'en servait pour sonner les cloches de Notre-Dame. J'ai lâché la lance et je suis parti en valdingue sur le côté... propulsé à la fois par le choc de la hotte aspirante que je venais de me prendre en pleine poire et par les vapes qui me dégringolaient dans les guibolles. Ça délirait dans mon cerveau entre les dings-dongs du choc, les crépitements du feu, les hurlements du sergent... je ne comprenais plus rien et j'ai passé ma main, mon bras, mon épaule à travers une fenêtre et me suis pris le montant central dans la poitrine. L'air s'est engouffré dans l'ouverture en sifflant comme un cobra en colère. Puis, vouffff!!! Le plafond a explosé de mille feux! Frappé par la rage de la forge de Vulcain! Fournaise! Volcan! Mon casque me brûlait, du sang recouvrait mon masque et je voyais l'enfer à travers un rouge opaque et visqueux. Le sergent me secouait le bras mais je ne comprenais rien à ce qu'il me racontait. Je voyais les flammes qui dansaient dans mon sang, ma tête qui se gondolait sous l'effet de la chaleur. Et les langues agiles et dorées du plafond qui descendaient le long des murs.

Le feu avait gagné en intensité et attaquait maintenant l'escalier nous coupant la sortie. La lance du dévidoir tournant avait été écrasée par la hotte et nous ne pouvions même plus attaquer la fournaise. Le sergent nous a fait signe de sortir par la fenêtre. On s'y est précipités tous les trois en laissant derrière nous nos appareils respiratoires qui ne passaient pas. On se débinait comme des péteux pour ne pas voir roustir nos roubignolles... ah les beaux pompiers !

En haut Malavoie avait entendu la vitre se briser et le ronflement sourd du regain du feu sous l'effet de l'oxygène. Il était rentré dans le restaurant et quand il avait vu les flammes qui montaient l'escalier, il avait compris. Il était immédiatement ressorti et s'apprêtait à appeler du renfort quand il nous a vus en bas, à genoux dans la fumée. Rabier était déjà en contact avec la caserne.

– Fais-nous sortir de là, bon Dieu. On va cramer.

Le feu à l'intérieur se déchaînait comme je n'en avais encore jamais vu. Et je me demandais de quoi il se nourrissait pour cracher des flammes aussi fortes.

Malavoie a placé une échelle à crochets sur la rambarde et on est sortis de notre trou. J'avais encore la tête et le corps drôles mais j'ai bien vu que le feu prenait maintenant dans le restaurant.

Le patron était fou de rage. Il braillait sec et ferme.

– Mais qu'est-ce que vous avez foutu, bon sang... mon restau part en fumée à cause de vous. Bougez-vous le cul, bon Dieu, bougez-vous le cul.

Pour lui c'était clair on était des branquignols, des abrutis, des moins que rien... un feu ça s'éteignait en pissant dessus et puis marre...

– Qu'est-ce que vous avez là-dessous pour que ça crame comme ça !?

– Mais rien... de la bouffe... ah si un ou deux Butagaz... mais des petits pour les crèmes brûlées...

Sans rien demander à personne Tassin avait monté une lance de cent dix et s'apprêtait à attaquer l'incendie. De son côté Malavoie avait attrapé une masse et se dirigeait vers l'entrée de l'immeuble. Quand le sergent les a vus il leur est tombé dessus.

– Qu'est-ce que tu fous, Malavoie ?

– Je vais évacuer les habitants.

– Tu ne rentres pas là-dedans tout seul, c'est compris... et toi, Tassin, qu'est-ce que tu fais ? Pose cette lance immédiatement. C'est pas l'armée à Bourbaki ici. On ne fait pas ce qu'on veut. On va attendre les renforts...

– Le temps qu'ils arrivent l'immeuble aura brûlé. Moi je ne les attends pas.

– Malavoie, bordel, c'est moi qui donne les ordres.

À ce moment-là le fourgon et la 4L de la capitaine sont arrivés. Ça a un peu calmé les ardeurs de Malavoie.

En un clin d'œil la capitaine m'a vu assis par terre avec du sang qui coulait sur le visage, Rabier avec les cheveux roussis et la gueule noire de suie, Tassin la lance à la main, et Malavoie à ses côtés avec sa masse et le sergent devant eux. Et derrière le restaurant qui cramait dru.

Il y a eu comme un répit dans le temps. Tous on la regardait en attendant de voir comment elle allait réagir. On guettait.

Je ne sais pas ce qu'elle a dit car mes oreilles se sont mises à vibrer. Comme si l'onde du choc de la hotte avait attendu quelque temps avant de me frapper en plein citron. Ça faisait comme une sirène qui prévient d'un bombardement et ça venait de l'intérieur de ma tête. J'avais mal comme s'il y avait une vis sans fin dans ma boîte crânienne qui s'écartait, s'écartait. J'avais envie de m'allonger… en même temps j'avais un peu honte d'être hors service pour un si petit bobo… être sonné par une hotte aspirante, ça n'était pas très glorieux comme blessure. Mais mes jambes en avaient décidé autrement et pour elles c'était suffisant pour que je ne bouge plus.

J'ai donc tout vu sans rien entendre. Elle a tourné le dos au feu et a commencé à parler. Je voyais les veines de son cou se gonfler… je pense qu'elle parlait très fort. Les gars la regardaient avec étonnement et puis Malavoie… oui Malavoie ! a lâché sa masse et s'est dirigé vers le cul de son engin. Les autres lui ont emboîté le pas… le sergent comme les autres. En quelques secondes les deux équipages, du PS et du fourgon, se sont retrouvés en colonne par deux et au garde-à-vous (s'il vous plaît) derrière leurs engins.

Pourquoi faisait-elle ça ? Qu'est-ce qu'elle voulait ? Une revue de détail ? Et la maison qui cramait, elle s'en foutait ou quoi ! ?

Pendant quelques secondes encore il ne s'est rien passé. Si ce n'est qu'elle continuait de parler… et moi dans mon semi-coma je me disais que décidément les femmes causaient de trop alors qu'elle aurait bien mieux fait de venir s'occuper de moi dont la tête saignait.

Et puis d'un coup tout le monde s'est mis en mouvement. Je les voyais partir à droite, à gauche, en binôme, avec le matériel qui sortait des coffres. C'était comme un ballet dont elle était le maître.

Les flammes d'or et de bronze qui maculaient la façade de leur haleine noire, la fumée tourbillonnante qui bondissait de chaque interstice et enveloppait l'air d'une gaze brûlante et sombre, des lueurs qui parfois explosaient au milieu de ce maelström de fureur. Les vestes noires et les casques brillants dans ce labyrinthe de danger. L'eau qui frappait les murs, rebondissait sur la chaleur, sifflait sur les braises... l'eau qui coulait au sol et le tremblement de l'engin dont le moteur poussé dans les tours fournissait la pression aux lances en batterie.

Tassin qui escortait des hommes et des femmes en pyjama, en tee-shirt et caleçon... des cheveux en pétards et des regards effrayés.

Les deux équipages qui couraient, travaillaient, luttaient alors que la capitaine debout devant l'immeuble, jambes écartées, mains dans le dos, restait immobile dans la tourmente.

L'eau encore qui mouillait mes fesses et les copains qui entrent dans le restaurant. La capitaine le bras tendu qui montre les cuisines... Ravier qui les attaque du haut de la rambarde... mon sang qui ne coule plus dans mes yeux. Mes oreilles qui ne hurlent plus dans ma tête.

Le feu se défend maintenant. Il n'a plus l'initiative et il le sait... ce n'est pas encore fini mais ça l'est déjà... dans moins d'une heure il faudra commencer à nettoyer... l'immeuble est noir maintenant.

23

On est revenus pour le petit déjeuner. Avec nos gueules et le sang séché sur mon visage on a été accueillis comme des seigneurs. Ça faisait tellement longtemps qu'il n'y avait pas eu de feu que toute la caserne vivait notre joie et notre excitation. Alex servait le café en nous traitant de fumiers, de pourris... que vraiment ce n'était pas juste qu'il n'ait pas été de la fête.

On racontait le feu, notre sortie par la fenêtre, la hotte dans ma gueule. Vraiment nous étions heureux d'être de la caserne du Vieux-Colombier.

Malavoie ne se tenait plus. Il racontait les gens dans l'escalier avec la fumée tout autour et leurs yeux pleins de sommeil. Comment il avait défoncé une porte... c'était un de nos petits plaisirs secrets le défonçage de porte. D'autant plus que c'était le règlement et que l'on ne pouvait rien nous dire. La chose est simple... en cas d'incendie dans un immeuble on frappe à toutes les portes d'appartements pour prévenir les habitants. Si devant une porte nous n'obtenons pas de réponse, nous avons le devoir de la forcer pour pouvoir fouiller l'appartement. Il est arrivé que des gens, tellement terrorisés par la fumée et le bruit, refusent d'ouvrir ou de répondre et se cachent dans l'espoir de se protéger sous leur lit, dans des armoires, dans la baignoire. Enfin dans des endroits étranges... Voilà pourquoi nous devons absolument forcer les portes pour éviter que de pauvres civils ne meurent bêtement. Les assurances couvrent les frais... alors on fait toc-toc très vite et sans attendre une quelconque réponse on défonce la porte. C'est jouissif de démolir une lourde à coup de masse...

Tous les hommes étaient là et ça parlait fort et gaiement. Et nous on se gorgeait de cet instant pour en jouir pleinement... on repoussait le moment où il nous faudrait aller se laver et passer à autre chose.

À ce moment la capitaine est entrée dans la salle à manger.

On s'est tous tus. Si elle avait le droit de venir, elle brisait quand même une habitude. C'était chez nous ici. Elle a bien senti que nous étions gênés. Mais sans doute n'a-t-elle pas compris pourquoi. Comment aurait-elle pu imaginer que pour la première fois nous la regardions avec respect. Il fallait l'admettre même si nous n'osions pas encore le dire à haute voix mais la capitaine était une sacrée pompier.

Elle a attendu quelques instants, comme si elle espérait un mot de notre part. Nous comme des cons on attendait qu'un autre ose le faire. Elle s'est retournée pour sortir.

C'est à ce moment-là que Malavoie a parlé.

– Mon capitaine ! Vous nous feriez plaisir en acceptant de prendre le café avec nous.

On s'est tous retournés vers lui et on l'a regardé. On n'osait pas y croire

– Eh ben quoi ! ? Vous n'avez jamais vu un naze qui reconnaît qu'il a été con ? Eh bien profitez-en parce que ça ne durera pas longtemps…

La capitaine souriait en baissant la tête.

Derrière moi Alex a dit :

– Finalement, de gueule elle est pas mal.

Et c'était vrai.

24

Trois jours plus tard on était avec Alex, Tirpitz et Malavoie à discuter dans la cuisine. On causait de science.

– J'ai lu dans une encyclopédie chez mes vieux que nous les hommes on était des primates.

– C'est vrai que toi t'es un peu la planète des singes à toi tout seul.

– Déconnez pas, c'est sérieux. Ce qu'ils disent c'est que d'un point de vue scientifique, nous les humains, on est faits comme des primates… que notre patrimoine génétique est à quatre-vingt-dix-neuf pour cent le même que le leur.

– OK d'accord. Mais qu'est-ce que ça peut me faire ?

– Attends, bordel, laisse-moi finir. Comme vous le savez, et bien que ce soit leur habitat naturel, les primates ne copulent pas dans les arbres.

– Et pourquoi ils ne copulent pas dans les arbres ?

– T'as déjà essayé de tirer dans un arbre, toi ?

– Non, faudrait être con.

– Eh bien, les primates, ils sont comme toi, connard. Ils savent bien que s'ils baisaient dans les arbres, ils se casseraient la figure. Alors ils font ça au sol. Mais là, sur terre, ils sont à la merci du premier lion venu. Alors faut qu'ils fassent ça vite. C'est pourquoi des siècles d'évolution ont programmé le primate mâle pour qu'il éjacule en moins de trois minutes… c'est dans l'encyclopédie. C'est scientifique ! C'est l'évolution des espèces. Ça ne se discute pas. Trois minutes et hop il décharge, le primate. Tous ceux qui sont peine-à-jouir finissent bouffés par un prédateur. Le primate est génétiquement un éjaculateur précoce.

– Où veux-tu en venir ?

– Alors moi je dis que, puisqu'on est biologiquement construits comme des primates, toute baise qui dure plus de trois minutes c'est un exploit de notre part… et il serait temps que les femmes comprennent les efforts démesurés que nous faisons contre notre nature génétique et biologique dès que nous baisons plus de trois minutes.

– Parce que toi tu fais ça en trois minutes.

– Mais non, ce n'est pas ce que je dis…

– Tirpitz, quand il baise, ça fait : Bonjour madame, pan, pan, au revoir ma poule !

– Tu parles d'une affaire.

C'est à ce moment que Rabier est arrivé. Il faisait une drôle de gueule.

Depuis le feu entre Malavoie et lui c'était la grande amitié...

– Qu'est-ce qui t'arrive, mec ? T'as des problèmes de transit ?

– La capitaine est virée.

– Ça veut dire quoi, ces conneries...

– Non, c'est sérieux. Elle est relevée de ses fonctions !

– Hein ?

– Mais pourquoi ?

– Le gars du restaurant... D'après lui on n'a pas fait correctement notre boulot l'autre nuit. Que si le restaurant a intégralement brûlé c'est dû à notre incompétence et à notre mauvaise organisation. Il a fait un barouf d'enfer à la mairie... il est pote avec le maire, je crois. Enfin toujours est-il que l'histoire est remontée jusqu'à Champerret.

– Et ces connards, parce qu'un trou de balle raconte n'importe quoi, ils ont décidé de nous la reprendre ! ?

– Ouais.

– C'est dégueulasse !

– Officiellement ils disent qu'ils mettent en suspens leur opération de féminisation de la brigade...

– C'est quand même pas de sa faute si on a merdé... ce n'est pas à elle de payer.

– C'est pas sa faute mais comme c'est elle la capitaine, elle doit assumer. Ça fait partie de ses fonctions.

– N'empêche, c'est pas juste... Il faut qu'on fasse quelque chose. Pourquoi on n'irait pas voir le général ?

– Parce que ça ne servirait à rien, Grand.

– Moi je dis que si ça avait été un mec, il n'aurait pas été viré, c'est du sexisme !

– T'as raison, Malavoie.

– Et comment que j'ai raison... et elle ? Comment prend-elle la chose ?

– Oh, tu sais, ce n'est pas une démonstrative... Et puis ça a été dur pour elle ces quelques semaines parmi nous. Elle se doutait bien qu'on ne l'accueillerait pas les bras ouverts mais elle ne s'attendait pas à ce que certains essayent de lui savonner la planche.

Plus Rabier avançait dans sa tirade, plus on rentrait nos têtes dans nos épaules dans l'attente de la réaction de Malavoie.

– Dans la vie, ce qui est grave, c'est pas tellement d'être con ! C'est de le rester ! Alors si j'ai pourri son arrivée et son séjour, il est hors de question que je la laisse partir sans rien faire. Il ne sera pas dit que Malavoie est resté con.

– Qu'est-ce qu'on peut faire alors ?

25

C'est Malavoie qui a eu l'idée. Et malgré son côté tordu tout le monde a marché dès le début. On était emballés. Sauf Blain, l'adjudant-chef, qui nous a engueulés comme plâtre.

– Si c'est pour venir me dire des conneries aussi débiles ce n'est pas la peine de me déranger, bordel… j'ai des plannings à monter, moi.

– Vous ne pouvez pas refuser, mon adjudant !

– Ah oui ! ? Et pourquoi ça ?

– Parce que c'est un hommage.

– Un hommage !!! Un hommage ! ? Ah mais et puis quoi encore. Moi j'appelle ça de l'outrage aux bonnes mœurs… pire même du harcèlement sexuel.

– Ça n'est rien de tout ça, chef. C'est même tout le contraire.

– Explique-moi ça, Malavoie…

– Quand la capitaine est arrivée je me suis drapé dans ma testostérone et je me suis comporté comme le dernier des crétins. J'ai dressé autour de moi tout ce que j'avais comme connerie en réserve pour ne pas la voir et qu'elle ne me voie pas… et je n'en suis pas fier. Mais c'est fait ! Et je ne pourrai jamais revenir dessus. Alors maintenant j'ai envie de lui montrer ce que je suis vraiment… nous avons tous envie de le lui montrer. En étant elle-même, sans jamais essayer de nous courtiser autrement que par ses compétences et son professionnalisme, elle nous a déshabillés de nos préjugés… et ça je veux qu'elle l'emporte avec elle. Qu'elle n'oublie jamais qu'elle nous a fait comprendre qu'il n'y a pas de différence entre les hommes et les femmes… ou du moins que rien n'est réservé à un sexe plutôt qu'à un autre. Je veux qu'elle me voit déshabillé de toute ma bêtise… dans ma nudité la plus absolue… qu'elle comprenne qu'aujourd'hui je ne pourrai plus rien lui cacher. J'ai honte de moi, chef et j'aimerais pouvoir me rattraper… D'une certaine manière on lui donnera ce que nous avons de plus intime. Et je pense que, parce qu'elle est femme, elle le comprendra.

– Tu es plus drôle quand tu es con, Malavoie… mais baste. Vas-y…

C'était le mardi matin après l'appel qu'elle devait quitter la caserne. Nous on a fait comme si de rien n'était, on a juste attendu qu'elle remonte chez elle prendre ses affaires avant de partir. Alors on s'est préparés et on s'est mis en place… et pourtant il faisait froid, avec une petite pluie fine désagréable qui nous gelait. Mais pour rien au monde on n'aurait abandonné. Même si cela pouvait paraître étrange, c'était notre manière de lui rendre hommage.

Quand elle est redescendue dix minutes plus tard elle s'est arrêtée devant le spectacle. Un peu surprise je dois dire. Je crois qu'au début elle a cru qu'on se foutait d'elle… et puis devant nos mines graves elle a compris.

Alors elle a commencé à remonter l'allée que nous formions jusqu'à la porte de la caserne. Au garde-à-vous. Avec le casque astiqué sur la tête, les bottes aux pieds et complètement nus. Et avec le froid qu'il faisait nous n'étions pas très obscènes je dois dire.

Et devant chacun d'entre nous elle s'est arrêtée et d'une main ferme nous a serré ce qu'elle pouvait en disant :

– Merci. Je ne vous oublierai pas.

Trente-sept fois elle a répété la même chose. Trente-sept fois elle a serré ce qu'elle pouvait…

À la porte d'entrée elle s'est retournée et elle nous a salués. Puis elle est partie.

www.ledilettante.com

Reproduit et achevé d'imprimer
le 13 décembre 2004
par l'Imprimerie Floch, à Mayenne
(Mayenne).

Sixième tirage

DÉPÔT LÉGAL : 2e TRIMESTRE 2004.
(61808)
Imprimé en France